BERETRICCE
El Palacio Velado

MELCHOR ALBRIG

© Melchor Albrig - *BERETRICCE – El Palacio Velado*

© Editorial La Rueca

www.editoriallarueca.com

Primera edición: junio 2024

ISBN: 978-84-19865-70-0

Depósito Legal: M-13854-2024

Impreso en Madrid - España - UNIÓN EUROPEA

A Los Maestros
a todos los que entraron
en la Luminosidad Oscura de la Noche
persiguiendo su realidad
y nunca regresaron

A Piruca
que habita el Reino de los Ángeles
y cuyo nombre susurran

1

… Esta dimensión es un agujero negro… un pavoroso sueño… se lo traga todo… te va desarmando pieza a pieza como un desmontable… arde demasiado rápido, como una mecha, aunque parezca un cabo de vela… !bah!… conceptos… uhmm… conceptos… ¿qué es estar vivo…?… ¿respirar?… ¿comer y dormir como las bestias? ¿sueños? ¡No! todo es miedo. Miedo a la verdad, a ser uno mismo, a explorar el contenido de cada cosa, ¡llegar hasta el final… sin importar lo que cueste…! ah… pero cómo eludimos el riesgo… cómo nos refugiamos en nuestros caparazones pequeños y ridículos y cubrimos nuestros rostros con máscaras baratas… y morimos… así… sin vivir… sin… Vivir, así somos los humanos, recipientes de virtudes posibles y defectos extraordinarios, claro. Según de qué lado de esta complicada naturaleza se contemple reclamamos el afecto de los demás que nos parece un derecho por ser simplemente humanos. Y en cuanto al amor… ¿qué sabemos de esa homonimia humana?… poco… muy poco, pues solo conocemos su carne, poderosa y atractiva como el fulgor de un diamante… ¿quién no ha sido joven e inconsciente?… Rechazo de plano este mundo que vivimos donde el universo nos engaña… ¿Son mis sentidos, o se trata de una alucinación?… Acabo de escribir esto… ¡y ya he perdido el hilo!… ya no se…! ¡de qué estoy hablando!… ¡La maldita entre las malditas, la memoria!… me ha vuelto a dar la espalda y se marcha… se va… dejándome solo… a la deriva… como un barco de papel en un mar vasto y desconocido… pero quizá no merezco otra cosa… incluso olvidar mi nombre.

Cada mañana me urge la necesidad de estallar en cólera contra todo nada más abrir los ojos. Y me coloco frente al espejo. Mirándome frente a frente en un reproche incendiario. Todos los días elevo esta queja al cosmos, que me escucha en silencio… y calla… que sepa que no me he rendido, que no estoy acabado… y que no estoy dispuesto a dejarme hacer, que lucho contra esta enfermedad maldiciéndola, un día tras otro…

…¡Ah, los cuadernos…!

7 de octubre de…

El Cuaderno Azul. Actividades diarias. Descanso y nutrición. Bajo a la cocina. Desayuno lo que está preparado en una bandeja. Té. Un huevo duro. Dos pastas.

Sobre la mesa de formica, junto a la ventana, hay un cuaderno rojo.

El Cuaderno Rojo. Actividades diarias. Ejercicio físico: paseo relajado cuidando de no agotarme. No olvidar la tarjeta con los datos personales. Mejor pasear acompañado.

Leo la nota de hoy. Es un recordatorio. Mi paseo… hay días que me olvido. Luego un espacio en blanco. Continúa otra anotación más abajo. No olvidar los cuadernos de paseo. Esta frase está subrayada con fuerza, dejando marcas en el papel. Cada semana, creo que se trata de los viernes, me visita un hombre con gafas y sombrero.

Es siempre el mismo. A la misma hora. Viene y me pregunta por mis actividades a lo largo de los últimos siete días. Me pide los cuadernos. Luego estudia las notas y las compara con el interrogatorio al que me veo sometido. Me observa unos minutos. No dice nada. Después anota algo en su cuaderno, algo que nunca me deja leer. Luego se va.

Hoy no ha venido Ettien, ese francés negro que me acompaña por si me pierdo. Hoy todo me da lo mismo.

Me pongo el abrigo oscuro y cojo el bastón y el sombrero. Agarro mi bolsa de cuadernos y salgo a la calle.

Nada nuevo en la calle. El empedrado está mojado. Desprende un color gris oscuro brillante, casi fosforescente. Despide un olor húmedo y sucio como el de una planta venenosa, de esas que crecen en la ribera del rio que corta en dos la ciudad.

Pienso en llegar hasta los muelles. Bajando por la calle de las parroquias, las tabernas y los artesanos. Me cruzo con algunas personas —la calle está casi vacía—, pero sus rostros no me despiertan el más mínimo interés. Antes de girar por la esquina de los relojeros y tomar el descenso hasta el mar, gotas gruesas empiezan a caer duras y frías, salpicando sobre el pavimento con un suave chapoteo. Guardo el cuaderno y me encamino a mi casa. Apenas he caminado un par de manzanas, pero tengo la sensación de haber ido más lejos. El viento sopla frío y desagradable. La niebla ha empezado a ocupar las calles. Así que, como un perseguido, llego boqueando a la puerta de mi casa. Sin aliento. Con el tiempo justo de encontrar el llavín en mi bolsillo y abrir. En ese momento el aguacero se ha derrumbado sobre los tejados con el ruido de una bomba.

Así que me veo obligado a improvisar, no sin cierto esfuerzo. Decido entonces subir a la buhardilla para comprobar si han aparecido de nuevo las goteras, pero tras una concienzuda y nerviosa inspección, me tranquilizo. Todo parece estar bien. Las maderas del techo parecen estar secas y tampoco veo charcos en el suelo, ni se oye el rítmico golpeteo sordo del agua cayendo sobre los bultos. El albañil y el carpintero han hecho un buen trabajo la última vez.

La habitación del último piso, qué lugar más extraño.

Aquí viven Los Señores de la Sombra. Es lo que queda, los restos de la historia de los desaparecidos en aquellos días, resumidos en un desvencijado memorial de objetos dispersos, aquí y allá, en un mundo más estrecho que el que tuvieron.

La atmósfera está cargada de un fuerte olor a humedad y a polvo en suspensión, que se agita en torbellinos a capricho de la primera corriente que entra por debajo de la puerta. Nada en este sitio me resulta desagradable. Por la familiaridad invisible, por la escasa luz húmeda y blanca durante el día que entra por los vitrales plomados del techo que llevan años sin limpiar. O porque las sombras practican extraños y malignos juegos, ocultando algo más que los ángulos oscuros del estuco de las paredes, despertando constantes interrogantes. Un impredecible número de objetos que abandonan sus lechos oscuros y se quedan quietos, congelados en el tiempo, esperando en su umbral silencioso la respuesta de la memoria. Memoria que ya no tengo. Así que doy vueltas por aquí y por allá, vagando oscilante entre bultos misteriosos que adoptan formas imposibles bajo firmamentos de polvo y el repiqueteo de la lluvia sobre las cristaleras del techo. Me detengo emocionado ante la funda de la pianola que fue de mi esposa, de la cual nacían los días en que las risas y las canciones y los alegres colores nacían y morían a su alrededor, coreando los ambientes y los rostros de viejas amistades que ya desaparecieron seguramente hace tiempo.

Toco cajas de madera de teca y arcones embellecidos, algunos decorados con ricos barnices, muy valorados en otro tiempo. Repaso con los dedos las viejas fotos familiares, solo para comprobar que el vacío que habían dejado ciertas personas en mi corazón no se ha aliviado, sino que lo que me parecían eones habían corrido una piadosa cortina para evitarme sufrimientos mayores. Me asaltó un golpe de alegría, los fantasmas del pasado corrían el riesgo de tornarse aún más próximos, devorando los años que me separaban de ellos.

Ya me dispongo a abandonar la buhardilla y, accidentalmente, tropiezo con un viejo baúl, escondido bajo los pliegues de una sábana. En un primer momento no me resulta en absoluto familiar. Así que lo abro y veo que contiene objetos curiosos de los años que pasé en la Isla de Gröttsmann, trabajando en su insólita Biblioteca. La Isla de Gröttsmann. ¡Dios mío! De repente, con la fuerza del rayo, un escalofrío inesperado me golpea la espalda, al presentarse nítidamente ante mi ahora que escribo estas páginas, con la apariencia de un ser vivo, aquella cadena de incidentes de los que fui testigo y protagonista en la conocida como "la isla más oscura y lejana de toda la tierra conocida", en los días del pleno apogeo de mi inexperta juventud. ¡Isla de Gröttsmann!… la había olvidado por completo. ¡Santo Dios!

Bien, recuerdo ahora cómo decidí entonces conservar el recomendable hábito de llevar un diario más o menos al día, en la inmediatez de las horas, para que la frágil memoria, tramposa y embustera, no olvidara algunos datos precisos que me interesaba conservar, pudiendo decir al profano "que estas letras son un texto que no tiene interés alguno para nadie y que solo escribí para mí". Pero debido a accidentes diversos se fueron perdiendo. Y fue a mi vuelta cuando decidí escribir este diario, en el que consigné un testimonio escrito antes de consagrarlo al infame olvido.

Agarro el arcón y, realizando un esfuerzo considerable para mí, lo arrastro escaleras abajo. A cada escalón un golpe seco resuena en el silencio de la casa, despertando un eco tenebroso en el viejo edificio. Afuera la tormenta devasta el día y torna tenebrosas las formas y las luces.

¿Qué tal parece?... es el momento, la chimenea encendida, y un vaso de brandy en mi mano. Esto podría ser un hecho y no una historia inventada. A fin de cuentas, ¿qué es la realidad sino una imprecisa y a la vez magnífica ficción sobre las apariencias de un escenario que engaña los sentidos y hace aflorar las emociones? Adivina, adivinanza. Más bien parece que una fuerza emergente pasa sus días destruyendo las conjeturas de los hombres a base de sucesos de toda índole, naturales, luminosos, ominosos e indescifrables. Nuestro tránsito puede resumirse como una distancia marcada por el número de necedades humanas, con algunos hitos de frustración y de desencanto. No es la existencia hoy, a mis ojos, más que un forzado ejercicio, donde el invitado se ve sometido a miles de incomodidades y despojado y esquilmado, pues es al final pavesa y fatuidad y de la nada, nada y la más absoluta nada.

Esta especie de monólogo filosófico al vacío no pretende conseguir de nadie que crea los terribles sucesos registrados aquí. Nada más lejos de mi pensamiento. Sólo escribo en voz alta. Y a nadie más. Se que ocurrieron. Estos hechos, digo. Realmente, fui testigo de ello, no cabe la más mínima duda sobre este punto, por fantásticos e incomprensibles que puedan parecer en un examen inicial. Bien, solo pretendo llamarme la atención acerca de que la "realidad", en verdad, no se sustenta en ninguna base firme. No más firme que el escenario del teatro, donde todo es posible, poniendo a prueba la mente del espectador, escena tras escena, emoción tras emoción, mentira tras mentira.

El tiempo me ha permitido ser un hombre más abierto, creo, no más sabio, de esto estoy seguro pero sí más observador. Soy consciente de la ignorancia respecto de las cosas que no se pueden ni imaginar ni demostrar, pero que habitan la antesala oscura de esa fuerza desconocida que llamamos naturaleza. El resto nada vale. Lo doy por perdido y no siento ninguna lástima por ello, sino al contrario, un alivio sereno.

Y ahora este baúl.

Y ahora este baúl, que me ha sido devuelto por una relación de sucesos hilvanada a pesar de la diferencia entre los mismos, llevándome a aquellos días en que era más estúpido de lo que lo soy hoy. Me acompaña con la firmeza de un experimentado cicerón al primer momento, a la primera vez que oí hablar de la Isla de Gröttsman. Y esa fue la primera vez que atisbé, como una sacudida eléctrica, la nueva realidad acerca de ciertas cuestiones, bajo otra luz temblorosa y oscilante, como la de una antorcha, cuando vacilante vagaba entre los jirones de velos de un mundo nuevo que era tan antiguo como el sol. El contenido del baúl se resumía en algo de ropa vieja, unos guantes de lana rotos, un pequeño portafolios y dos frascos de tinta ya seca, un cuaderno tosco con signos garabateados con una posible traducción, muy mal encuadernado, y dos diarios.

Abro el primer diario y empiezo a leer… ¡Que calamidad! ni una sola fecha… Comienzo a leer.

2

Accedí al gremio de la ecdótica quince años antes de que esta historia empezara, gracias a un ofrecimiento personal del propio Mr. Huntsfield, leal amigo de mi padre, cuando yo apenas contaba la edad de trece años, para ayudar en el negocio de su imprenta. Mi padre era un anticuario bastante conocido en su tiempo y, aunque había planeado incorporarme al negocio familiar, había tomado la decisión de que mi formación corriera a cargo de extraños, donde ninguna actitud paternal o trato de favor tuviera cabida.

Al principio, mi ocupación consistía en hacer recados, mientras poco a poco, iba adquiriendo el conocimiento propio del oficio. Un aprendiz que hacía de todo un poco. Sin horario y con el avance de las semanas, sin una labor fija, pues todos mis quehaceres cambiaban constantemente.

Pero ya, en aquél tiempo al que me refiero, cuando comenzó esta historia, yo, que luego pretendo ser anticuario, folclorista y editor, había alcanzado entonces el cargo de ortotipógrafo corrector en la editorial Huntsfield & Son. Eran los últimos días del estío de 1.887 cuando decidí aceptar una curiosa oferta de la editorial para llevar a cabo un estudio de ciertos archivos antiguos y exóticos que estaban en poder de la Biblioteca Nacional de la Isla de Gröttsmann; un lugar remoto, perdido en los confines de los mapas.

Un caro cliente, del que mi jefe hacia siempre absoluta reserva estaba dispuesto a costear de su bolsillo la empresa más importante de la editorial hasta la fecha. Este cliente, a quien la editorial publicaba generalmente todo el material cartográfico, así como otros trabajos especiales de sus, para nosotros, desconocidos socios. Parece que nuestro estimado cliente había mostrado un vivo interés por la cultura ancestral de una isla casi desconocida para casi todo el mundo. He de admitir que mi padre intervino con un extraordinario sigilo para que se me encomendase el trabajo.

Este viaje me supondría, según las previsiones, estar ocupado bastante tiempo, durante un año al menos, quizá más, y alejado de mi familia y de mis poquísimos amigos. En aquel tiempo carecía de amistades femeninas relevantes. Mi vida no contenía ningún aspecto extraordinario. Estaba regulada por mi trabajo y mi familia, mis paseos solitarios y las costumbres propias: frecuentar los teatros, las librerías, hojear los diarios y ser un asiduo de algún club exclusivo para caballeros del que guardaré una prudente discreción. No obstante, me dije a mi mismo que debía aceptar la aventura, pues era apropiada a mi edad y al deleite que ese tipo de actividades me producía.

La Isla de Gröttsmann era quizá la última tierra auténticamente virgen. Bastante desconocida en medio de la civilización del siglo XIX, un mundo moderno alejado de leyendas y supersticiones. A decir de unos y de otros, la isla estaba repleta de viejas costumbres y culturas extrañas que se perdían en los orígenes de la más remota antigüedad.

Llegados a este punto, he de detenerme un momento y confesar, no sin verdadera nostalgia que, ya desde niño, las historias y los cuentos tradicionales que nacían de las fuentes de viejas leyendas tenían para mí una especial fascinación. Este vínculo tan apreciado se lo debo en parte a mi madre, quien me narraba cuentos de hadas e historias remotas a la hora de irme a la cama, quizá el lugar más idóneo para la imaginación y el ensueño de un niño. Con la cadencia de su voz, su tono extraordinario, la mitología más fantástica de las tierras occidentales, las viejas canciones celtas, los poemas antiguos como las piedras, desfilaban ante mí y hacían palpitar mi sangre, desataban mi fantasía hasta poder percibir el aroma del muérdago, o el sonido del roble mecido por el viento, como si estuviera allí mismo. Folclores tan tenebrosos e inquietantes a veces, que cadenciaban a la par el relámpago y el trueno que hacían estremecer los cristales de las ventanas de mi habitación.

Con el paso del tiempo, estas historias adquirieron un nuevo significado para mí. Tuve la clara comprensión de que eran mal comprendidas, hechos acontecidos a una humanidad que ya pasó, sin base histórica alguna, que habían emergido de la oscuridad, de los miedos y de la conducta de la especie humana como un eco de las eras pretéritas y que habían sido confusamente asimilados al mundo y a los tiempos modernos.

Meditado convenientemente y aceptado el asunto, solo me quedó agradecer sinceramente la confianza depositada en mi por el señor Hundsfield hijo, quien actualmente estaba al frente del negocio familiar, pues el señor Hundsfield padre llevaba ya una larga temporada retirado, alejado del ruido de las ciudades, en su casa solariega, dedicando los días a sus dos pasiones favoritas: declamar a los griegos y la caza.

Quiero afirmar que, por mi parte, tampoco me sentía desmerecedor de este encargo, al contrario, pues entendí el ofrecimiento como una forma de reconocimiento no remunerado, después del tiempo que pasé haciendo todo tipo de trabajos, corrigiendo, maquetando, reescribiendo, en ocasiones más de la mitad de una obra. Y luego, en mi tiempo libre, catalogando fondos de bibliotecas particulares, buscando, por expreso deseo del señor Hundsfield padre, raros incunables, manuscritos viejos, baladros y ediciones raras para saciar su insaciable apetito de bibliófilo.

El señor Hundsfield padre había confiado en mí casi desde el principio. Lo recuerdo sentado en su butaca de cuero, en la planta alta del edificio, aureolado por el humo del cigarro y la luz, añadir, mientras este se disipaba creando oleadas de débil neblina y tras un largo silencio: *"...este chico tiene olfato para los libros, aprenderá y será el mejor, quizás... con el devenir del tiempo... ya se verá... ya se verá..."*

Y todo esto en una ingenua medida, creo que sin dejarme vencer por la vanidad propia de todo hombre, pues me consideraba a mí mismo un buen conocedor del mundo de los libros; si bien he de admitir que tanto tiempo pasado entre volúmenes cubiertos de polvo, olvidados en desvanes, perdidos en granjas y mansiones, infectó mi ánimo hasta el punto de volverme yo también un devoto seguidor de rarezas en pergaminos y papel impreso, encuadernaciones voluminosas y otras antigüedades heterogéneas.

A finales de septiembre de aquél año, metí mis pertenencias en unos baúles y tome el tren hasta Southampton, donde cuatro días más tarde, embarqué como pasajero en la fragata "St. Irvine" hacia la Isla de Gröttsman.

3

El "St. Irvine" era un barco portugués que navegaba con pabellón británico. Tenía planeado dirigirse, después de tocar puerto en la Isla de Gröttsmann, a Terranova y a la Península del Labrador. En aquellos días era común que los barcos que surcaban las aguas del norte trasladaran provisiones a los caladeros de la ballena, el bacalao y el salmón, como una especie de tienda ambulante del mar, para avituallar a estos barcos balleneros que pasaban tanto tiempo en aquellas aguas. Y así, sin asumir el riesgo de tener que medir sus fuerzas capturando a la ballena, empresa nada fácil y peligrosa, ni sostener los riesgos de una larga estancia en el océano, volvían a casa con dinero y un buen número de barriles de aceite en sus bodegas.

Al comienzo del viaje me propuse llevar un cuaderno de notas para poder organizar mejor la memoria a mi regreso, donde me pedirían informes detallados de mi trabajo. Pero lo cierto es que no tuve tiempo de iniciarlo.

Tuvimos dos días de navegación con buen tiempo y el mar en calma, pero el tercer día, encontrándonos en la parte más septentrional de Escocia, aproximadamente a la altura de las islas Orcadas, llegó aparejado con cambios importantes en la meteorología. Se avistaban en la lejanía densos nubarrones que ahogaban la luz oscureciendo el color azul del mar. Más tarde se desató un viento racheado y muy frio y las olas empezaron a encabritarse. Los que conformábamos el pasaje, compuesto por tres mujeres, dos niños y seis hombres, incluyéndome yo mismo, expresamos nuestro temor a un naufragio ante el violento movimiento de la nave. El capitán quiso entonces tranquilizarnos ofreciéndonos una información detallada acerca del barco en el que nos encontrábamos. Buscaba ante todo serenar nuestro ánimo y nos aseguró que el temporal amainaría pronto. Luego pasó a exponernos la fortaleza de su navío, con su voz grave y afable, un tanto desenfadada, afirmando, y en esto debo darle la razón, que su barco no era ninguna gabarra de rio. Nos habló de la excelencia de los materiales con los que había sido construido, la capa de tablones de pino que estaban colocados de dentro a afuera, todos ellos de un espesor considerable, seguida por una segunda capa de tablones de más de 10 centímetros de grosor y todo ello cubierto por otra capa más de madera procedente de un tipo de laurel sudamericano, que, según él, es la madera más fuerte que existe, pues es tal su dureza y de tal condición, que son necesarias herramientas especiales para trabajarla. La quilla, al parecer, se había construido con dos vigas de olmo, sobre las que se montaron las cuadernas. Tras esta exposición técnica, y queriendo resumir su discurso, por si alguien no lo había entendido, carraspeó y, haciendo un gesto con la mano, con la intención de quitar importancia al asunto, nos aseguró que estábamos tan seguros como si estuviéramos en tierra.

Todas sus buenas intenciones tranquilizaron nuestro ánimo de momento, pero por muy poco tiempo.

El viento no cesó, si no que se fue convirtiendo poco a poco en una terrible tempestad y desembocó en un auténtico huracán que fue creciendo a la par que nuestros miedos y que, al cabo de pocas horas, parecía levantar el mar hasta los mismísimos cielos. El océano se hinchaba como una vela gigantesca y pasó rápidamente a tomar la forma de una montaña de agua que venía sobre nosotros. Las olas barrieron la cubierta de forma violenta y constante, viéndonos obligados todo el pasaje a permanecer en nuestros pequeños camarotes para no ser arrastrados por la fuerza combinada de los elementos.

Llegada la noche, la proa y la popa se hundían en la oscuridad del abismo como si fueran a estrellarse contra el fondo mismo del mar para no volver a emerger a la superficie nunca más. Los rayos pelaban los mástiles y mordían los cables con la fiereza de un animal salvaje. El barco entero olía a azufre, como si acabara de salir del mismísimo infierno. El velamen estaba roto y se desplegaba como un sudario fantasmal contra la oscuridad del cielo, sin que ningún cabo osara sujetarlo, acompañado del ulular del viento que continuaba arreciando. La cubierta empezó a llenarse de restos rotos del aparejo, maderos y cuerdas que caían sin cesar de los mástiles. Ante semejante furia desatada, y el barco bastante desarbolado, observé discretamente, y de una forma accidental, cómo el capitán, un auténtico lobo de mar y a mi parecer un hombre extraordinariamente dotado para el gobierno y la derrota de un barco se disponía a rezar con las manos juntas, junto a los más bravos de sus hombres, profiriendo apenas un susurro en sus labios e hincado de rodillas.

Al cabo de unas dos horas las cosas no mejoraron, si cabe empeoraron aún más. Ante la alarma general se abrió una importante vía de agua en la bodega. La actividad de los carpinteros y del resto de la tripulación portando tablones clavos y brea se volvió incesante. Para tener más espacio para trabajar, algunos equipajes fueron trasladados a la cubierta, con tan mala fortuna que las olas los barrieron y los arrastraron al mar. Entre estos equipajes se hallaban mis baúles que di definitivamente por perdidos. En ellos llevaba mis credenciales, así como material para escribir, ropa y algunos libros muy queridos y me temo que irremplazables.

Tras esta dolorosa pérdida llegó la calma, como si el mar se hubiera complacido con este tributo y nos dejara continuar en paz nuestro viaje. Y el capitán dedicó los dos siguientes días a reparar los destrozos causados por la tempestad. Caminaba cabizbajo y huraño por toda la nave, como herido en su amor propio, taciturno, preocupado, esquivo y distante con todo el mundo.

Durante el resto de la travesía, y según iban transcurriendo los días, el mar mostraba una superficie cada vez más quieta, brillante, como una plancha de metal recién fundida. Más allá, perdido en el horizonte, en alguna parte, estaba el mar blanco, helado, infinito, inimaginable, desconocido y trágico, jornada tras jornada, extendiéndose hasta tocar el Polo Norte en la forma de una vasta, irregular y traicionera llanura de hielo.

Dos días más tarde, a capricho, de repente se desató un fuerte oleaje empujado por brisas que aparecían y desaparecían a su antojo y nos echaron encima algunos témpanos de hielo a la deriva, los cuales, por un momento, amenazaron con romper de nuevo el casco del barco, haciendo crujir todos los maderos a pesar de la sólida construcción que el capitán, en los momentos de dificultad, nos había descrito y en la que, tras abrirse la vía de agua, ya nadie confiaba.

Una noche apareció en el cielo una bola ardiente cruzando el espacio a gran velocidad, arrojando sobre la tripulación los peores augurios. Así es la religión de los marinos, sus propias supersticiones, patrañas las llaman algunos, que arrancan desde las primeras generaciones de marinos que surcaban los mares conocidos y que atesoran en lo más hondo de sus corazones con verdadera fe.

Luego, durante casi toda la travesía, nos estuvieron sobrevolando un nutrido grupo de albatros a los que los hombres miraban torciendo el gesto, meneando la cabeza y guardando silencio sin prestarles mucha atención, masticando las palabras en voz baja, desconfiados y temerosos, y a quienes ninguno de ellos osó molestar ante el temor, según me dijo uno de los hombres de más edad del barco por mi pregunta, de su maldición por encima de todas las cosas. Pues eran, me decían, las almas de los marineros muertos en tragedias de la mar.

Diez días más tarde, avistamos por primera vez la Isla. Desde aquella distancia, a bordo del barco, era una imprecisa sombra gris sobre el amplio lienzo marino. Luego, según nos íbamos acercando, de un modo casi imperceptible, como el trabajo de la sombra sobre la luz, formaba una complicada geometría abigarrada de rocas apretándose unas contra otras hasta culminar en un millar de picos que se recortaban contra el paisaje confuso del horizonte, entre el cielo y el océano, pues eran tan similares en el color, que se fundían casi en uno solo. A medida que el barco se iba aproximando, la isla crecía y se agrandaba confundiendo la percepción del viajero y generando la falsa sensación de que aquella tierra formaba parte de un continente que debía estar allí pero que no estaba. Sólo vacío y silencio reinaban en el lugar. Al igual que la humedad, una soledad líquida se comunicaba por los poros de la piel hasta tocar la nuca, para luego descender en forma de escalofrío rápidamente por el espinazo. En aquellos días no hubo viento, fenómeno extraño en el mar. Hacía bastante calor, aunque el sol no brillaba.

Atracamos en el puerto de St. Joseph. Un puerto pesquero con casas de madera pintadas en colores vivos, embarcaciones varadas y redes tendidas por todas partes.

Tras abandonar el *"St. Irvine"*, tomé la diligencia que salía del mismo puerto de St. Joseph y que finalizaba su recorrido en Verhemenn, la ciudad más septentrional, antes de llegar a la Gran Cordillera.

4

Antes de iniciar la travesía, John Huntsfield, mi jefe, me invitó a su casa para hablarme acerca de este viaje. Durante la cena no dejó de halagarme, de expresar su admiración y de decirme cómo me envidiaba. Habló también de honorarios, que según me confesó serían lo suficientemente elevados como para poder comprarme una casa en Londres. Comentó vagamente lo que ya me dijo en otro momento y en otro lugar respecto del trabajo que debía realizar y la manera acordada de hacerlo. Este consistía en valorar, catalogar e incluso copiar, si era necesario, algunas de las obras que custodiaba la Biblioteca y enviarlas a la editorial.

Después de la cena pasamos a la biblioteca con un cigarro en la mano y una copa de coñac en la otra. Una vez solos, empezó a hablarme en un tono más preocupado del que había empleado delante de su familia. Dijo que el viaje hasta allí era demasiado largo y eso parecía desasosegarle. Me habló de las dificultades que podía encontrar y comentó que no sería una labor nada fácil. Concluyó que aquél asunto me llevaría mucho tiempo, tanto que era difícil calcular cuánto.

Casi con la duda escrita en su semblante, me entregó un sobre grande y voluminoso que contenía toda la documentación necesaria. También expresó con el rostro serio de quien debe dar una orden que no es totalmente de su agrado, que era preciso partir cuanto antes, al día siguiente si era posible. Le inquietaba hacer esperar a su cliente y el volumen de trabajo era extraordinario. Le contesté que no sabía que se tratara de algo tan urgente, pero él no pareció escucharme en absoluto, sino que seguía el hilo de sus propias conjeturas. Dio una fuerte calada a su cigarro y siguió hablándome como un hombre que estuviera a solas con sus pensamientos y se limitase a decirlos en voz alta.

—*Tenga cuidado* —prosiguió—, *es usted muy joven. No estoy convencido del todo de que sea la persona idónea para llevar a cabo este estudio. La juventud es bastante impresionable. Tenga cuidado con las gentes que habitan la isla y recuerde que todavía creen en fantasmas y en trasgos. Afirme con fuerza los pilares de la razón. Vivimos en un mundo cada vez más científico y debemos desechar las supercherías. Siga fielmente las instrucciones que le indicará el director de la biblioteca. En fin, creo que el lugar es un poco lóbrego y frío, pero seguro que será fascinante para usted.*

También me entregó una hoja de papel que recogió de su escritorio con el título de un libro. Luego añadió: *es posible que le ayude en su tarea. Y ahora debe disculparme, tengo asuntos que atender. Le deseo un buen viaje y espero recibir noticias suyas pronto.*

Siguiendo su consejo, compré el libro con el propósito de documentarme cuanto pudiera acerca de la orografía y de la historia de la Isla. Para mi sorpresa, descubrí que no existía más que este único libro sobre la Isla de Grottsmann. Su autor era un aventurero noruego, alcohólico, que murió de sífilis y que, según me dijeron, no era muy de fiar.

Lo primero que llamó mi atención de forma muy estimulante, debido a mis particulares aficiones, como ya he reseñado antes, fue el hecho de que se trataba de una tierra fabulosamente rica en leyendas y con un sentimiento nacionalista muy fuerte, tanto que rozaba la devoción religiosa hacia su folclore, que enterraba sus raíces más allá de lo que alguien pudiera recordar.

Cada franja de tierra ya sea un condado, un país o un continente, tiene su propia antropología en la que todo gira en torno a cierta génesis, nunca aclarada del todo, sujeta a extraños y particulares cultos atávicos, inconcebibles para el hombre de hoy, pero que sin duda le condicionan inconscientemente en su pensamiento, en su lengua y en su raza. Y lo que en otros lugares se podrían denominar vulgarmente "cuentos del pasado", que son solo una expresión cultural superada ya por los avances técnicos de los tiempos, en la Isla no parecía suceder así.

El cristianismo, que llevaba el factor dominante en el estudio, databa su presencia en la isla en una época no anterior a 1.420. Llegó a sus costas y, en un breve espacio de tiempo, entabló una guerra feroz contra los nativos paganos, sin que el paso de los siglos y de la sangre derramada haya dejado clara su victoria, viendo su área de influencia reducida a la región más meridional del atolón.

Inmanuel Gröttsmann, misionero, guerrero y santo, que dio su nombre a esta tierra —anteriormente se llamada Isla de Jwiphz—, lo intentó todo ayudado de sus oraciones, de un ejército papal y de una pequeña flota financiada por ciertas coronas europeas. Tras cinco años de intensas luchas, que no le permitieron sojuzgar a los habitantes naturales ni cruzar la gran cordillera, murió sufriendo un extraño trastorno y fue declarado mártir por su iglesia.

Parece ser que, durante el desarrollo de aquellas duras y feroces jornadas de guerra, de forma repentina, Inmanuel dijo tener una serie de visiones en las que un ángel, que nunca le manifestó su nombre, le animaba a una crueldad sin límites. Aquello le llevo a arrojar bebes a piras ardientes, reunir en las plazas de los pueblos montañas de cabezas cortadas de sus enemigos, desventrar a las mujeres y otras monstruosidades semejantes. Durante el curso de una batalla su comandante capturó a Falghar, uno de los caudillos más notables de los isleños, un líder extraordinario al parecer. Sin dudarlo un momento lo envió a la hoguera en la plaza pública. Obligó a los campesinos a que dejaran sus campos, las mujeres sus hogares, los pastores sus ganados, para asistir a la ejecución que intentó mostrar de ejemplo, como un escarmiento para todos sus seguidores y como una prueba de quien detentaba la verdad y anticipo de qué le sucedería a quien quisiera oponérsele.

Su hijo Falgham, caudillo posterior de los barrios, y más tarde señor de los páramos altos, nunca olvidó estas acciones y, ya desde su niñez, fue vengativo y cruento enemigo de la Iglesia y de todo lo que representaba y juró que cuando obtuviera la unificación de todos los clanes, aniquilaría el poder romano de una vez para siempre sin mostrar ninguna clemencia.

Nadie se opuso a Inmanuel y sus atrocidades, es fácil caer en el fanatismo y hay que tener en cuenta que, dentro de la mentalidad y del ansia de salvación de los pueblos católicos, todo aquello que estaba relacionado con la cultura denominada pagana, desde el concilio de Trento, era visto con recelo por el clero y por el pueblo llano, sin discriminar si los actos eran más propios de unas mentes fantásticas o se trataban por el contrario de hechos probados. Aunque he de decir, en honor a la verdad, que durante mi estancia en la Isla de Gröttsman he sido testigo de cosas asombrosas, más cercanas a la locura que a la sensatez. He conocido árboles y rocas que contenían la presencia de hombres antiguos y a hombres que tenían dedos extraños, similares a ramas en las manos y en los pies. No todo puede explicarse de una forma racional y la ciencia todavía no tiene explicación para muchos fenómenos del carácter y de la emotividad humanas.

Estos descendientes de los primeros habitantes de la Isla, originarios de los Urales y de algunas zonas de Islandia, se mostraban fuertes e implacables con sus enemigos. Cedieron el sur de la isla lo mismo que un hombre destina una parte de su granja para guardar el ganado, pero se hicieron fuertes en la cordillera, ocupando los angostos y peligrosos pasos, impidiendo el acceso de los ejércitos cristianos y haciendo inútiles sus tácticas de guerra, el moderno armamento del que estaban provistos y el movimiento de sus bien entrenadas tropas.

El ejército, inspirado en la gesta de Adriano, construyó entonces una línea de fortificaciones unidas entre sí por un muro alto y sólido, para detener los ataques de los grupos montaraces que de forma constante caían sobre los campamentos, buscando saciar su sed de saqueo y de destrucción y poder conservar así aquella franja de terreno. La Iglesia reclutó colonos otorgando bendiciones, indulgencias y tierras a todos aquellos que acudieran a poblar aquella isla salvaje desde cualquier rincón del continente. Y allá fueron los de siempre. Los que no tenían nada más que la vida para arriesgarla.

Según el autor, aún hoy coexisten largos e intrincados caminos que recorren la isla en un sinfín de direcciones aparentemente absurdas. Antes de llegar la expedición a la Isla no existían los caminos, sus habitantes no los necesitaban. Fueron la guerra y sus señores los que, atendiendo a ciertas necesidades bélicas, los trazaron sobre la tierra; necesidades momentáneas, sin más orden que ellas mismas y sin propósito en el tiempo.

El Maryaz como se conoce a la Gran Cordillera, es una larga cadena montañosa que divide la isla en dos, retorciéndose sobre sí misma, como una serpiente que cargase sobre la espalda la columna vertebral de un dragón; marcando una laberíntica frontera entre los bosques de taigas del sur y los desolados páramos del norte, azotados por los fríos vientos polares durante el invierno. Los caminos son abismos profundos, en su mayor parte escarpadas paredes de piedra, donde la luz desaparece de repente, la tierra se eleva hacia el cielo y luego cae hacia nadie sabe dónde. Estos desfiladeros y grietas, profundas barrancas, incitan a la fantasía y al vértigo del viajero solitario que ose aventurarse en estos territorios tristes y fríos, produciéndole trastornos en su mente, haciéndole asomar sus ideas al disparate y extraviando su camino irremediablemente. Las montañas situadas más al oeste están formadas principalmente por inmensos macizos de rocas cortadas a pico y desprovistas de un mínimo manto verde natural, arrimadas unas a otras dando la sensación de una forma artificial que no ha sido diseñada por la naturaleza.

Guardé el libro junto con el resto de mis cosas preparadas para el viaje, con la esperanza de que me ayudaría en un futuro. Pero como el resto de mis pertenencias, yacerá en el fondo del mar para siempre, con mis baúles.

5

Cuando la diligencia desde el puerto llegó a Verhemen, alquilé un fiacre que me dejó en menos de un cuarto de hora en el centro de la ciudad.

El cochero me indicó amablemente el edificio al que me dirigía. La casa tenía tres plantas y la entrada principal estaba protegida por unos muros altos y antiguos, un poco deteriorados, por los que trepaba la hiedra. La primera sensación que ofrecía al observador era que se trataba de un castillo pequeño, de aspecto arcaico y deslucido por el frio y la humedad, con columnas grises y una fachada elegante de piedra desgastada por las inclemencias del tiempo, hasta redondear las esquinas de los bloques de los sillares. Al edificio se accedía por una escalera que conducía a una puerta de roble de dos hojas, parecida, pero más pequeña, a la del puente de un castillo. En ella había tallas de animales, gárgolas, faunos, perros con varias cabezas, lobos gigantescos y un par de enormes búhos con las alas replegadas. Como si hubiera sido puesto allí como un aviso de peligro al inesperado visitante advirtiéndole de que no debía franquear aquel zaguán.

Pregunté al funcionario que estaba sentado tras una mesa en una pequeña habitación, cerca de la puerta, por el director de la biblioteca y me pidió que le siguiera con un gesto y una leve inclinación de cabeza. Cuando crucé el vestíbulo llegué a una sala grande de suelos de madera. Allí, varias habitaciones se agrupaban juntas. Contigua a esta sala se encontraba una estancia octogonal que conducía a una especie de almacén. Esa puerta siempre permaneció cerrada en la medida que yo puedo recordar. La sala tenía una puerta que daba a un pasillo y otra que llevaba a una sala dispuesta para biblioteca. Esta sala también estaba conectada con las habitaciones del primer piso a través de una escalera. Allí tenía su despacho el director y, según pude observar de una ojeada, había varias salas pequeñas llenas de estanterías y libros. En esta planta se encontraba un gran vestíbulo de suelo de terracota y unos muebles antiguos. Algunas de estas salas tenían ventanas ojivales que daban a la calle.

Una vez llegados al primer piso me hizo un gesto solemne con la mano, parándose en seco y pidiéndome que esperara. Abrió una puerta altísima y desapareció tras ella. Al cabo de unos minutos, volvió a abrir la puerta y me pidió que entrara.

Encontré a Frederik Wathesse en actitud distraída, consultando un raro volumen miniado sobre las especies vegetales en el viejo continente. Todo él se hallaba envuelto en un haz de luz lechosa que entraba por la ventana y aclaraba el color negro de su traje. Levantando la vista del libro, extendió su brazo indicándome que pasase.

—*Sea bienvenido, pase por favor.*

—*Buenos días, señor,* —dije como forma de saludo a la vez que extendía mi mano y continuaba atropelladamente mis argumentos—, *mi nombre es… y vengo por encargo de la firma Hundsfield & Son para examinar ciertos archivos de la biblioteca. El propósito de mi trabajo es el de realizar un informe para la editorial y…*

Levantó la mano y me hizo guardar silencio. A continuación, con su mano derecha me señaló una silla.

—*Pase, pase, por favor, adelante, me gusta recibir adecuadamente a mis invitados. Soy Frederik Wathese.*

Frederic era un hombre de constitución gruesa, en toda la extensión de la palabra, con la piel enrojecida y unas largas patillas muy pobladas que le tapaban media cara. Por lo demás estaba pulcramente afeitado. Parecía afable y atildado, y me tendió amablemente una mano grande y velluda, de dedos cortos y coronados todos ellos con anillos de oro. Apretó mi mano con fuerza y dibujó una amplia sonrisa en su rostro queriendo transmitirme su predisposición fingida a la confianza y a la amistad, cosas ambas que tal vez se darían con el correr del tiempo de una manera más franca.

—*Lo siento, señor* —añadí—, *pero mi equipaje se ha extraviado en el mar durante una tormenta y dentro de mis baúles guardaba la documentación que traía de Londres.*

—*No se preocupe ahora por eso* —contestó y sonrió mostrando una dentadura uniforme y amarilla—, *pues… ¿qué impostor vendría hasta un lugar como este?. Me hago cargo de que el viaje no le ha resultado fácil. Demasiados peligros y riesgos. Siéntese.*

Me volvió a indicar una silla y él ocupó la butaca tras la mesa de roble.

—¿Le apetece un oporto? *Tómese un vaso conmigo.*

Cogió una licorera y un par de vasos de un armario próximo. Llenó ambos vasos y me ofreció uno. Tomó un sorbo de vino y detuvo su mirada unos momentos en los gruesos leños que crepitaban en la chimenea y que producían un agradable sonido hogareño.

Tras un breve silencio, supongo que, para ordenar sus ideas, empezó a hablarme del trabajo que había venido a realizar.

—*Dispongo, o más bien debo decir… disponía de un empleado muy eficaz en su trabajo que tenía previsto que le fuese útil en el suyo…*—Su semblante se ensombreció llegados a este punto.

—*Él se ocupaba de ordenar y catalogar el depósito de la cripta de la biblioteca. Debo decir que actualmente no está trabajando, debido a ciertos padecimientos repentinos, desgraciadamente …, si, eso es… repentinos.*

Mostró una excelente reserva sobre ciertos aspectos, sin precisar por su parte acerca del carácter de la repentina enfermedad que le mantenía postrado hacía ya un año y medio impidiéndole trabajar y no explicó en qué consistía exactamente su dolencia, alegando que sufría un mal muy peculiar, para luego perderse en una serie de detalles ambiguos.

Hablaba en un tono de voz muy bajo, algo levemente superior a un susurro, sin apenas despegar los labios mientras dejaba escapar suavemente el humo del cigarro. Tenía un acento suave, aterciopelado, casi dulce, que predisponía a una extraña atmósfera de silencio que le rodeaba como un aura y que provocaba cierto estado de somnolencia involuntaria por parte del oyente. Era de tal modo que perdí el hilo de la conversación durante unos minutos. Tuve que hacer un claro esfuerzo para prestar atención de nuevo mientras él continuaba hablándome acerca del trabajo que me esperaba. Tuve la sensación de que su conversación se movía en círculos. Suavemente, como las ondas de un lago cuando se arroja una piedra.

Por sus palabras deduje que no había un número excesivo de volúmenes en la biblioteca, pero que, por el contrario, sí disponía de abundante documentación en legajos muy antiguos, carpetas y manuscritos de toda índole, incluso en piedra.

—*En la cripta* —me dijo— *hay cerca de cincuenta cajas esperando a ser catalogadas aún. Lamento no haber informado de este punto a Londres, pero me temo que su trabajo va a ser más complicado de lo que le explicaron en un principio. Acompáñeme por favor.*

Se levantó y, agarrándome por el brazo, me invitó a iniciar un itinerario fuera del despacho. Bajamos por la escalera hasta la sala grande y pasamos luego a la estancia octogonal. Me señaló con su mano y, empujando levemente mi brazo, hizo que girase hacia la izquierda, hacia la puerta que daba acceso a un pasillo. Al final de un largo corredor había unas pesadas puertas, de roble tal vez, adornadas con enormes herrajes, que estaban abiertas de par en par. Estas puertas eran más pequeñas que el umbral que guardaban, quedando entre el borde y el suelo casi medio metro de distancia. Lo mismo ocurría en la parte superior, donde el techo culminaba en un arco. Pensé que aquellas puertas estaban ubicadas en un sitio que no era el lugar original para el que fueron diseñadas. Pues parecían pertenecer al portillón de un castillo, más que a un pasillo, que tenía acceso a una sala muy grande donde Frederik me hizo notar la belleza de un techo de crucería maravilloso. Según descendía la vista me tope con amplísimos ventanales ojivales, saeteras en verdad, que ocupaban los laterales de la sala y en el centro una columna de roca sin tallar de formas totalmente irregulares que, en su centro, soportaba una especie de gárgola o animal de rasgos muy desdibujados y que parecía más propia de alguna tribu prehistórica que del artesano que levanto el edificio.

Íbamos caminando cerca de estanterías repletas de libros sobre jurisprudencia latina, diccionarios de varios idiomas, libros de viajes, sobre oratoria, y diferentes filosofías.

De paso me iba indicando la historia de alguna que otra rareza encuadernada en los anaqueles. Llamó mi atención un grueso volumen en cuyo lomo podía leerse "La Navegación de los muertos" o el arte de relacionarse con ellos. Frederic me comentó que se trataba de un viejo grimorio. Había también un volumen de aspecto vetusto expuesto sobre un atril. Estaba dedicado a la historia o la geografía de la isla, cuyo tamaño era considerable. Las mesas de lectura estaban impolutamente barnizadas y brillaban a la luz del día. La biblioteca había sido distribuida en dos zonas, una dedicada a los llamados Manuscritos Occidentales, y otra a las llamadas Colecciones Especiales.

Luego llegamos al fondo de la sala, detrás de una columna que se retorcía hasta el alto techo y medio oculta. Por una escalera de madera que accedía al lateral inferior, llegamos a una puerta que el señor Whatesse empujó con una fuerza que yo no le suponía en su persona. Era un portón adornado de hierro, enmarcado por un pórtico de piedra ennegrecida por el tiempo, que se abrió ante mí con un fuerte crujido chirriante. La abertura dejó escapar una fuerte vaharada de humedad que invadió desagradablemente mi nariz, hasta convertirse en una cosa sólida en la garganta que me vi obligado a tragar para dejar salir la voz. La sombra afilada del ansia y del temor cubrió mi pensamiento, a la vez que una fuerza me recorrió de la cabeza a los pies como un latigazo. Aquel lugar parecía ser una especie de cueva abierta en la roca viva, dando la impresión de que había sido hecha por mano de hombres. Una escalera de piedra descendía en forma de caracol, de cuyo muro salían los escalones siguiendo la estructura de lo que parecía una torre circular entre el oscilar de los faroles de sebo, sin ningún pasamanos que se interpusiera entre los peldaños y el hueco enorme que ocupaba el abismo y se perdía hacia las profundidades mismas de la tierra envuelto en oscuridad. Una vez abajo, a ambos lados del corredor central, se abrían a izquierda y derecha unas galerías que parecían interminables, unas más altas que otras, con un sinfín de cajas de madera aquí y allá, sin aparente orden. Al final del pasillo había unos estantes de madera y una mesa tan tosca y pobre como no había visto otra, con unos restos de vela y un fanal de mano. Sobre el tablero había papel y tinta para escribir.

Ante mi gesto de perplejidad y de desorientación, carraspeó y me sugirió la posibilidad de ir a visitar a su empleado para que, en lo posible, me pusiera al corriente de en qué punto exacto había dejado su trabajo y guiarme para iniciar el mío, así como toda la información que me fuese necesaria para mi labor en cualquier aspecto que precisara.

Llegados a este punto retomó la conversación que había quedado interrumpida en su despacho y me previno de que se trataba de una persona con unas convicciones muy singulares, nada comunes, que sufría a menudo accesos graves de misantropía, lo cual no le hacía muy comunicativo, sino callado y algo tímido hacia los demás. Creo recordar que utilizó la expresión "un buen muchacho, pero algo tocado de la cabeza". Una vez dicho esto y haciendo un marcada mueca de resignación benevolente que le ensombreció nuevamente la cara, sacó papel de su bolsillo y escribió un nombre y una dirección.

—¿Tiene dinero? —preguntó.

—*Si, afortunadamente el dinero lo llevaba encima y no en mi equipaje* —respondí.

Me escribió la dirección de una casa donde podía alojarme con toda tranquilidad, al menos de momento, hasta que encontrase algo más a mi gusto en la ciudad. Como un gesto de inesperada generosidad, me concedió un par de días para instalarme antes de ponerme manos a la obra en aquellas frías catacumbas. Me hizo un gesto con la mano indicándome que aguardara un momento y llamó a Jarneck, el bedel. Dejó en sus manos la tarea de enseñarme el resto de la casa. Luego se despidió cortésmente y volvió a sus quehaceres. De forma sumisa, Jarneck me invito a acompañarlo mediante un gesto. Se trataba de un hombre muy delgado, demasiado diría yo, de hombros estrechos, con la espalda algo encorvada, tez pálida y la voz fría y distante. Lucía unas patillas largas y pobladas que salían de una especie de gorro oriental oscuro de chinchilla y acababan en el hueso de la mandíbula. Guardaba prolongados silencios, y en el momento más inesperado dejaba caer una palabra sin más y volvía al silencio.

Subimos hasta la primera planta y llegamos hasta una puerta, a la izquierda del despacho de Frederick, que conectaba con una escalera que daba acceso a la segunda planta, donde se encontraba una impresionante galería de retratos, todos ellos de personas relevantes en la conquista de la Isla. Entre ellos estaba ocupando el lugar de honor Inmanuel Gröttsman. En el cuadro iba vestido con una impresionante cota de malla con gola y gualdrapa blanca. Sobre el pecho una gran cruz roja y las manos unidas en el pomo de un mandoble. Su rostro era ancho y fuerte, adornado con una barba oscura, muy larga y poblada, los ojos acerados y al acecho, como si fuera la personificación de la astucia. Al fondo del cuadro, en la parte superior derecha, unos ángeles asomaban por detrás de unas nubes oscuras portando el sol en sus manos, en tanto que unos seres oscuros se ocultaban en el lado opuesto tratando de esconder unas estrellas.

Al final de esta sala que me pareció gigantesca, se encontraba otra no menor que tenía aspecto de estudio. Allí había algunos grimorios en las estanterías y otros libros de aspecto vetusto que, al parecer, no convenían al uso del público y tampoco a mi curiosidad, pues Jarneck hizo un ademán de continuar según lo explicaba.

Me condujo con cierta celeridad hasta una puerta que conducía a una tercera sala que era otra biblioteca llena de unos volúmenes gigantescos, tan grandes que hacían falta dos personas al menos para trasladarlos. Estaban sujetos al anaquel por unas gruesas cadenas. Las tapas eran de madera de roble y las hojas pergamino de piel de cordero. Jarneck me dijo que eran libros de canto escritos por los monjes de una abadía, de la cual ahora no recuerdo el nombre. Desde aquí, una escalera conducía a la tercera planta, donde había una sala enorme sin amueblar, como las salas de esgrima. Las paredes no estaban forradas, sino que se podía ver la piedra de la construcción. Diría que se trataba de roca viva, como si todo el edificio hubiese sido construido bajo una montaña y luego modelado para tener la apariencia de una casa normal, disimulando así las formas más toscas de la piedra. Luego Jarneck, dando por terminada la visita y como gesto de amabilidad, me sugirió visitar algunas zonas de la isla bastante interesantes cuando yo dispusiera de tiempo, ofreciéndose él mismo a ser el guía. Le di las gracias y me sorprendí al mirar mi reloj, pues ya habían transcurrido dos horas a pesar de la brevedad del paseo.

La dirección de la casa no quedaba lejos del edificio de la biblioteca. Se trataba de una casona grande, muy antigua también, de muros gruesos. La planta baja estaba dominada por una sala muy amplia, coronada en el centro con una enorme chimenea de piedra y una serie de bancos y sillas alrededor. Tomé una habitación del primer piso. Era amplia y con vistas a la calle. La casera, la señora Cullhem, me repitió amablemente una y otra vez que cualquier cosa que necesitara solo tenía que pedirla. La verdad es que se desvivió en atenciones.

Una de las primeras cosas en las que debía ocuparme era comprarme ropa nueva para adecentar mi aspecto, pues la que tenía puesta no resultaba presentable después del accidentado viaje. Así que me informé preguntando a la casera y logré tener vestuario nuevo en cuestión de dos horas. Me sentía otro hombre.

Me acerqué a la estafeta de correos y envié una carta, unas cuantas letras a mis queridos padres, informándoles de que me encontraba bien e indicándoles mi nueva dirección. También envié una carta a la editorial, narrando punto por punto lo visto y oído al director de la biblioteca, así como el estado en que se encontraba la misma.

He de decir que aproveché bien los dos días que me concedió el señor Whatesse para familiarizarme un poco con la población y estuve recorriendo sus calles y plazas, cruzándome con sus gentes.

Verhemenn no es una ciudad grande, apenas unos diez mil habitantes, pero me pareció cuidada y ordenada a la vista. Visité el viejo Arco del Honor, que está próximo a la salida de la ciudad, deambulé luego por el barrio viejo, curioseé en las tiendas que venden todo tipo de mercancías, nuevas y antiguas, paseé tranquilamente por las históricas calles medievales, donde todavía se hacían negocios y donde muchas de las casas aún pertenecían a los descendientes de las mismas familias. De la vieja leprosería aún quedan algunas paredes, un arco y una docena de columnas. Después subí una colina en el centro de la ciudad, serpenteando por calles estrechas y, gracias a que el día estaba despejado, pude obtener una vista panorámica realmente interesante.

Durante mis paseos encontré también bastantes iglesias, todas protestantes, curiosamente, a excepción de una sola, que era católica. Parece que, a lo largo de 1615 y durante un par de decenios, la fe de Lutero fue enraizándose en la Isla hasta llegar a ser la religión predominante desde las montañas hasta el mar.

Repentinamente, me sentí un poco fatigado, así que me dirigí a mi nuevo domicilio, tome una cena muy sabrosa acompañada de un vino bastante fuerte propio de la región. Una vez hube terminado, me metí en la cama y estuve durmiendo casi hasta el mediodía.

5

La tarde del segundo día decidí que había llegado el momento de realizar una visita al señor Laggs, el empleado aquejado por la enfermedad que había trabajado en la biblioteca. Confieso que la primera opinión que me forme de él, bajo el influjo de las palabras del señor Wathesse, me puso un poco en su contra, rechazándolo sin proponérmelo de una forma totalmente involuntaria. Alimentó mi pensamiento el hecho, la idea, de que era un hombre poco sociable. Aunque no llegué a comprender el término "peculiar", sí me forjé la opinión de alguien raro a quien los demás discriminaban de alguna manera, bien por su conducta, sus hábitos o sus creencias. Eran unas palabras imprecisas para no tener demasiado en cuenta a alguien por parte de los demás.

Así que, simulando un paseo sin objetivo alguno, aunque con un propósito muy bien definido, decidí visitarle para hablar con él e interesarme por su estado de salud. Hubiera preferido que el señor Whatesse me lo hubiese presentado personalmente, pero había dejado el asunto en mis manos, desentendiéndose de él, como si se tratara de un acto de cortesía que había pasado por alto y del que nada quería saber.

Llegados a este punto, varias cuestiones me habían traído de cabeza antes de decidirme a realizar la visita. Estuve dudando sobre cuál sería la hora más oportuna. Desconocía los aspectos de su enfermedad y me propuse no hacer una visita superior a media hora, tiempo que estimé conveniente. También dispuse mi ánimo para afrontar cualquier tipo de respuesta, pues lo cierto, y hasta ese mismo momento no me percaté bien de ello, es que era un misterio. Las indicaciones de Frederic solo habían servido para crearme más dudas que certidumbres, pues lo que no deseaba era inquietarle hablando de temas de trabajo, así que me esforcé intentando llevar unos cuantos temas triviales en la cabeza para iniciar la conversación. Me decidí también a llevarle algunos periódicos a modo de cortesía. Me parecía más relevante interesarme por su estado de salud, que el otro motivo más incómodo y frio referente a mi labor en la biblioteca.

No me resulto sencillo encontrar su casa, a pesar de las explicaciones de mi casera. Su domicilio se encontraba en el interior de un húmedo callejón que, como las patas de una araña, nacía de una calle principal para morir en un lugar estrecho y sombrío donde nunca calentaba el sol, motivo por el que las casas contenían gran cantidad de verdín a lo largo del adobe y de la cal. Llamé a la puerta del domicilio de Vittus Laggs con un sentimiento de intranquilidad tan intenso que sentía los latidos de mi propio corazón golpeándome como un martillo en la cabeza. No obtuve ninguna respuesta, así que di de nuevo unos golpes en la puerta y esperé.

Cuando abrió la hoja de madera y salió de la penumbra del interior a la luz plomiza del día, vi a un hombre con la cabeza cubierta por una capucha áspera, que nacía de una especie de túnica talar, muy toscamente cosida, confeccionada con una especie de lana oscura. Su rostro aparecía oculto tras una máscara de cuero, fabricada de manera igual de tosca, de alguna piel de animal entre peludo y ralo, reforzada con tripa cerdo. Los aros de los ojos y los bordes de su perfil le daban la apariencia de un ser monstruoso, sacado de una terrible e inimaginable pesadilla, una visión repugnante y siniestra. Su respiración sonaba entrecortada al otro lado de la careta. Él permanecía inmóvil, esperando en silencio a que yo dijese algo, pero ante la sorpresa, la voz había huido de mi garganta. Carraspeé al fin y pude articular un:

—*Hola, me envía Frederic… de la biblioteca*

Entonces se hizo a un lado y me franqueó la entrada, indicándome que pasara, al tiempo que extendía su brazo y movía afirmativamente su cabeza varias veces.

Pude observar, mientras mi cabeza trataba de fijar una actitud coherente, que su casa era muy humilde, apenas se percibía comodidad alguna. Moviéndose muy despacio ocupó una banqueta y me ofreció una silla. Con una voz silbante se disculpó, no dijo por qué, pero lo hizo. Miraba al suelo y no levantaba la cabeza. Se hizo un silencio duro e incómodo. Entonces me di cuenta de que yo aún permanecía de pie y me disculpé agradeciendo tener un hilo de voz.

Entonces, ante mi sorpresa, se echó la capucha para atrás y, dudando unos instantes, con una mezcla de temor y necesidad, comenzó a desanudar la máscara hasta quitársela, desatándola lentamente, desde la coronilla a la nuca, y la apartó de su rostro. No pude evitar llevarme el dorso de la mano a la boca para no gritar. Enmudecí hasta límites que jamás hubiera podido sospechar y sentí la presencia del horror al contemplar aquél rostro, que intentaré recordar.

Su cabeza había perdido la forma regular en un ser humano, sufría una apariencia abigarrada de abultamientos, cicatrices, cientos de ellas, penetrantes, como surcos profundos y rojizos, en algunas zonas casi sanguinolentos. Sus tonos pasaban del verde al amarillo y la superficie de su rostro era distinta a la de cualquier otro que hubiese visto antes o pudiera haber imaginado en el peor de los mundos, pues cualquier rasgo humano había desaparecido debajo de los costurones que encogían y creaban dobleces antinaturales en su cara, como si hubiera sido arrugado por la fuerza de una prensa. Daba la terrible sensación de que los ojos habían quedado excesivamente pegados uno junto al otro, lo que daba a su frente la apariencia de una testuz. El ojo izquierdo estaba aparentemente seco y muerto y se parecía, por lo abultado, al de una res, mientras que el derecho no había perdido su apariencia humana, pero se veía obligado a mirar en dirección al suelo, pues el párpado era una cortina demasiado pesada cubierta de pliegues que saltaban uno sobre otro haciéndole perder su forma original. Su boca tenía un aspecto siniestro, torcida y arrastrada por la piel de la ubicación que debería haber tenido en medio del rostro, por llamarlo de algún modo, y que yo hubiera sido incapaz de creer que pudiera articular una sola palabra, pues era más bien un agujero sobre la masa de carne, hasta verse reducida a la mitad. Le faltaba también parte de una oreja, que aparecía cosida con una cicatriz fea y antiestética y empeoraba aún más su aspecto. La nariz había desaparecido prácticamente bajo las cicatrices que como una ola barrían su cara, dejando ver solo un par de agujeros bajo aquella superficie rugosa.

Al entrar, me había percatado de que, al caminar, arrastraba una pierna, como si se tratara de un tronco de madera cortado del árbol, ya para siempre sin vida.

De su mano derecha pude apreciar que solo quedaba el dedo meñique, por lo que el resto de la mano parecía una bola de carne hinchada, como una maza, cubierta de heridas suturadas que se abrían en todas direcciones como las raíces de un árbol.

Entonces se levantó y volvió al poco con una hoja de papel, y con la mano izquierda usando un carboncillo escribió:

"Perdóneme, pero me siento muy incómodo con ella puesta".

Intentó decir unas palabras, pero hablaba como si estuviera chupando o sorbiendo algo, lo que hacía ininteligibles sus frases. Pasados unos minutos, me disculpé de nuevo.

Cuando pude, le repetí, no sin esfuerzo, que me enviaba el director de la biblioteca y que me había anunciado que estaba enfermo, pero no me habían advertido de que hubiera sufrido un accidente. Me sentía terriblemente violento, sin saber que decir, pues en estos casos el silencio es como un muro que se adueña de los actos y los paraliza.

Silenciosamente, deje los periódicos sobre la mesa.

—Son para usted —dije.

Pero él, convenientemente, garabateo un:

—Por favor, continúe.

Apenas legible

El silencio volvió de nuevo.

Comprendiendo, se levantó e hizo oscilar su cuerpo de forma temeraria al guiarse ciento ochenta grados hacia un lado y hacia el otro, como si estuviera a punto de perder el equilibrio, y se encaminó a un pequeño mueble junto a la ventana. Con ambas manos cogió una botella que dejó en la mesa, volvió al mueble por segunda vez y cogió dos vasos. Los dejó sobre la mesa y se sentó de nuevo, no sin dificultad.

Volvió a escribir:

"La vida es imposible sin el alcohol".

Emitió un jadeó dando aquellas grandes chupadas al aire, que yo interpreté por una sonrisa.

Me atreví a facilitar las cosas, en una pequeña medida, y serví dos vasos generosos de ginebra, sin detenerme a pensar en cómo lo habría hecho él. Y queriendo añadir algo de naturalidad al gesto hice un brindis en respuesta a su nota, sin ser consciente de mis palabras, tal y como lo haría en una reunión de amigos.

—Y por el amor, que la hace más dulce —añadí yo.

Si un hacha hubiera golpeado la mesa de repente, no me habría sobresaltado tanto como lo hice ante la mirada de aquél único ojo, que ardía rojo de furia ahogando un grito.

Los bebimos de un trago, y escribió:

"Por la muerte, que nos consuela de sus heridas".

Me pareció una respuesta tan sincera, tan ajustada al momento que sentí estremecimiento y vergüenza por las palabras que había pronunciado tan alegremente, como si nunca hubiera escuchado a nadie decir una verdad tan desechada por los hombres, como sencilla he visto que resultaba con el correr de los años.

El alcohol me reanimó y, tras unos minutos de charla de circunstancias, tratando de obviar su aspecto y tratándole como una persona de apariencia corriente, de pronto, sin venir a cuento de mi conversación, me confesó que no se acordaba bien del trabajo que realizaba en la biblioteca en el momento en que su "enfermedad" le atacó y se volvió intolerable.

Adoptó una actitud pensativa, y me escribió una larga nota explicándome que en la biblioteca todo era un desorden. Era una enorme montaña de trabajo. Luego me preguntó mi nombre usando el dorso de la nota ya escrita. Entre los ruidos de su boca, creí escuchar un gemido, y puse mi mano sobre su brazo sin decir nada. Un gesto que necesité hacer acompañado de silencio, para poder expresar aquello que no podía decir con palabras. Guardó silencio durante unos minutos mientras cabeceaba, como si lo agradeciera más que otra cosa. Por unos momentos, creí que se iba a quedar dormido, pero cogiendo otro papel escribió:

—*¿Ha visto la Tablilla 35? ¡Sea prudente, tome precauciones! ¡No la toque, cuidado!*

Luego de repente, se disculpó alegando que se encontraba muy fatigado y debía guardar reposo un rato. A modo de despedida, estreché su mano izquierda, deseándole que se restableciera pronto en la medida de lo posible y salí de su casa.

Sudaba copiosamente y me encontraba muy alterado, me ardía la cara y me sentía mareado. Agradecí sinceramente el aire frio de la calle, que me ayudo a restablecerme mientras caminaba alejándome de su casa.

Un aluvión de preguntas se almacenaba en mi cabeza. Lo que sí sabía era que el señor Laggs no había sufrido una enfermedad, sino que había sufrido, con toda seguridad, un terrible accidente que le dejó unas secuelas inhumanas. Me preguntaba qué clase de accidente puede dejar a un ser humano tan deformado y no matarle.

Y ¿de qué hablaba acerca de la Tablilla 35?

6

Durante los días que siguieron a mi visita, el impacto siguió latente en mi memoria, como una marca hecha con un hierro al rojo hiriéndome. Y me resultaba de todo punto imposible apartar su rostro deforme de mi cabeza.

Intenté hablar con Frederic respecto del señor Laggs, pero afirmó desconocer absolutamente la particularidad acerca de ese asunto. Desentendiéndose de mí, dio media vuelta y, echando a andar. se metió en su despacho dejándome con la palabra en la boca.

Volví a visitar a Vittus Laggs en algunas ocasiones más. Le llevé una botella de brandy y unos libros, pero ante la cadencia de aquellas visitas le sentía incómodo, como escondiéndose, avergonzado de que alguien le viera así. He de decir que, a pesar del horror de la primera visita, agradecí que se retirara la máscara cada vez que iba a verle. Apreciaba su esfuerzo y su honradez a pesar de lo terrible de sus circunstancias.

Por otro lado, empecé a sentir cierto reparo a la hora de repetir las visitas. Me hubiera gustado poder ayudarle, de verdad, pero no logré encontrar una forma satisfactoria para hacerlo. Sobre todo, debido al estado físico en que se hallaba y al escaso interés que mostraba por mis obsequios, al menos en apariencia. En cada visita parecía darme a entender que no necesitaba nada. Apenas nos decíamos ya las pocas frases que la costumbre nos obligaba a intercambiar y mi presencia solo era una compañía más propia de una sombra que vagaba por los rincones de su casa que de una visita que trataba de elevar el ánimo caído del enfermo. En cuanto a su presencia, a ratos me movía a la compasión e interiormente elevaba en silencio una devota plegaria y otros, en cambio, me provocaba el horror más repulsivo.

Finalmente, decidí suspender estos encuentros y poco a poco me fui concentrando en mi trabajo y relegando al señor Laggs a un segundo plano.

De forma imperiosa me puse a buscar la tablilla número treinta y cinco. La hallé, no sin poco esfuerzo. Además de no estar en su sitio, estaba envuelta en una tela oscura y sucia. Tendría aproximadamente el tamaño de dos cuartillas. Tenía la superficie perfectamente pulida, era suave al tacto, tanto que la mano podía deslizarse por ella sin obstáculo. Tenía en su centro un texto tallado, de unos caracteres que no había visto nunca, extraños, con unos giros y trazos verdaderamente bellos. Copié todo el texto en mi cuaderno de notas tratando de ser lo más fiel posible al original. Se lo mostré al sr. Wathesse, pero me despachó sin más diciéndome que no conocía el idioma, aunque en un principio había parecido interesarle. En días sucesivos me dediqué a visitar talleres, tiendas y tabernas preguntando si alguien conocía esta lengua. No tuve mucha suerte, terminé con dolor de pies y una recomendación de un zapatero:

"Vaya a las montañas, esos hijos del diablo tal vez lo sepan".

Esta idea me hizo preparar una pequeña expedición fuera de los muros de la ciudad y adentrarme en una región absolutamente desconocida de la isla, en otro mundo. Tal vez mi mundo, el mundo del que venimos todos. Salí temprano con un hato que llevaba en la mano con algo de comida y mi cuaderno de notas. Al abandonar la ciudad y dirigirme a las montañas algunos grupos de personas me miraban con caras serias hasta perderme de vista. Llegué a la entrada de un bosque de árboles inmensos y un follaje muy tupido. Mi sorpresa fue que no había camino por donde avanzar, así que fui subiendo durante unas horas que me parecieron agotadoras, sorteando arbustos, hasta llegar a un claro. Era un prado abierto con la hierba que me llegaba a las rodillas y un aire perfumado propio del campo. Una inesperada alegría empezó a embargarme y, por ridículo que sea, me entraron ganas de bailar sobre aquella alfombra de un verde intenso salpicado de flores blancas y rojas, pero hube de contenerme, pues nadie baila sobrio a menos que esté loco. De pronto, un viento frio, suave como una ligera brisa, se levantó al principio y luego derivó a una densidad propia de un bloque de hielo. Lo más llamativo es que no parecía desplazarse por el éter como el común de los vientos suele hacer, sino que —¡Dios mío parece de locos!— parecía acercarse caminando hasta mí, pues podía oír perfectamente el ruido de sus pasos sobre la tierra, gigantescos, pesados e invisibles.

Me desperté y fui consciente de que me había desmayado y no el tiempo que permanecí así. El sol brillaba y yo estaba sobre la hierba, que plácidamente se movía empujada por un vientecillo agradable. Pero mis ropas estaban llenas de escarcha, de pequeños puntos azules de hielo que me cubrían de los pies a la cabeza. Me incorporé y vi a lo lejos un hombre que cuidaba del ganado. Según me fui aproximando a él vi que llevaba sobre la cabeza un extraño sombrero picudo hecho de ramas verdes. Guardaba un rebaño de cabras que, a juzgar por su aspecto, ni las montaraces son tan fuertes y briosas. Sus cornamentas eran muy anchas y extremadamente largas para ser cabras comunes. Intenté hablar con aquel hombre, pero hablaba una lengua desconocido para mí, e intuí que podía tratarse del idioma primitivo de la isla. Sonriéndome, me hizo una serie de gestos con la mano para que le siguiera. Entonces sacó de su bolsa un hueso humano, creo que un fémur, y sopló con fuerza por uno de los extremos produciendo un sonido parecido al del cuerno de caza, pero más pesado y denso. Esto me sorprendió extraordinariamente. El rebaño se aunó formando un grupo compacto e iniciaron la marcha detrás de nosotros hacia una loma cercana a los pies de un bosque. Allí había una granja antigua y algo decrépita, donde los vientos han afilado las hileras de piedras que bordean el camino y la luz del sol parece no poder penetrar en las oscuras profundidades del bosque negro que la circundan por la parte de atrás, con el tejado de heno seco y fachada de piedra. Un huerto intentaba alegrar la entrada. Salió una mujer al umbral de la puerta e intercambió unas palabras con el pastor, que desapareció con el rebaño por detrás de la casa. La mujer me saludó en mi idioma, aunque lo hablaba torpemente. Me hizo un gesto para que entrara. El interior de la vivienda era muy modesto, todo piedra y madera y el suelo de tierra apisonada. Los muebles estaban fabricados de manera tosca, cómo los haría un bárbaro en el siglo XIV, la madera conservaba sus nudos naturales y estaba sin tratar. De las vigas del techo, ahorcados por unos cordeles, se balanceaban unas ristras de ajos, bolsas con castañas, algunos encurtidos y unos embutidos. Más al fondo, pendían de unas cuerdas más gruesas unas cestas que no pude ver que contenían. Le pregunté a la mujer, pero no me respondió, aunque me dijo, mirándome de soslayo y con una media sonrisa:

"Creo que el dios le ha dado la bienvenida".

Y No añadió nada más y siguió atendiendo el guiso al fuego. Con un gesto, me invitó a sentarme a la mesa. Sobre ella había un recipiente de barro que habían secado al sol con un manojo de flores de colores muy llamativos. Los pétalos eran de un color azul muy fuerte y, en el centro de cada flor, unos estambres tan amarillos como no he visto nunca. En aquel lugar se diría que los colores vivían otra vida distinta a cualquier otro punto de la tierra.

Sentados a la mesa me ofrecieron un plato de sopa con sabor picante pero grato, quizá un poco fuerte para mi gusto, aunque me reconfortó. Supuse que era un plato tradicional de aquellas montañas. Luego me sirvieron un plato de carne con patatas y verdura. La carne presentaba trozos desiguales, como si hubieran sido arrancados del hueso. Entonces recordé el hueso humano que el pastor utilizó para llamar a las cabras. Sentí una pequeña náusea y no pude probar nada de aquel plato. Fijándome mejor en los dientes de la mujer, no me parecieron propios de una dentadura corriente. Eran un poco picudos, sin ser demasiado llamativos. Me empecé a sentir incómodo y nervioso ante la insistencia de mi anfitriona para que probara la carne, indicándome que era de cerdo, pero no me convenció. Así que, para desviar un poco la atención del plato, mostré a la mujer el papel con los signos copiados de la tablilla de la biblioteca. No me esperaba su reacción, abrió desmesuradamente los ojos y me preguntó de dónde lo había sacado. Le expliqué brevemente su origen y que estaba interesado en saber qué era. Me dijo que era un viejo idioma de la isla llamado "*akuhrión*" y que era sagrado para sus habitantes. Su carácter y uso estaba solo reservado para hablar con el dios Akurh. El dios que vivía en la isla. Este texto —me dijo— era muy antiguo y no sabía de cuando databa. Se trataba de una invocación para abrir los portales de la casa celeste del dios. A través de esa apertura —me explicó— afloraban las fuerzas del dios. Pero estas emanaciones son fuerzas que bajan y habitan, es decir, descubren su personalidad al que ha efectuado la invocación y solo para realizar la función a que han sido convocadas, aunque raramente se las ve, pero se siente su presencia. Y —continuó— hay que usar el poder con cuidado y respeto. Si el orante no es adecuado, se convierte en maldición. Se quedó un momento leyendo el texto y escribió al dorso de la hoja:

"Invocación a Akurh
Señor de los vientos y del fuego
de vivos y espectros
sobre tronos elevado
escucha a este pobre cantor
que entona la melodía de tu nombre".

—Esta es la traducción del texto —dijo mirándome fijamente—, Pero falta la melodía. Aún quedan en las montañas cantores del dios que la conocen, pero no puedo ayudarle en eso.

Dicho esto, sacó un vaso de un armario y me sirvió vino. Era un vino rojo y bastante fuerte. Recuerdo que bebí un par de tragos. Después me desperté en una cama y hubiese jurado que había bebido un barril de licor durante la cena. La mujer estaba cocinando junto al fuego, el hombre no estaba. Había salido el sol y ya era otro día. Me despedí amablemente de ella y regresé a la ciudad, no sin gran trabajo, pues me perdí un par de veces. Sobre esta experiencia guardé celoso secreto y nada dije en la biblioteca, alegando que me había extraviado y solo había disfrutado del paisaje. Envié una carta a la editorial desde la estafeta pormenorizando mi hallazgo, añadiendo algunos datos más sobre la isla y mi trabajo, explicando al Sr. Hundsfield la titánica labor con la que me había encontrado y que los informes solicitados por su cliente podían ocupar varios volúmenes. Solo una pequeña parte estaba convenientemente documentada y localizable en los archivos, mientras que el resto se hallaba abandonado a su suerte en una ubicación caótica e insospechada. Así volví de nuevo al trabajo.

Pasaron dos meses y me encontraba absorto en mi tarea, ordenando y supervisando la documentación del cajón treinta y nueve. Había asumido que debía catalogar el resto de las cajas aprovechando el tiempo al máximo antes de perder el ánimo. Iba sacando a la luz manuscritos doblados y guardados de manera descuidada. Aún conservaban en algunos casos los sellos de lacre, la mayoría con letras iniciales, o escudos heráldicos, en rojo y azul. Lo histórico y lo supersticioso se entrelazaban ante mis ojos, como en la existencia del mundo, mientras escudriñaba cada legajo manuscrito y examinaba los bordes deteriorados y las manchas de tinta, los pequeños agujeros y otros detalles de importancia.

Un ansia volvía una y otra vez a mí, como una ola enloquecida, a medida que profundizaba en aquellos documentos que condenaban extrañas filosofías de las que nunca había oído hablar; y traté una y otra vez de mantener la calma, pero mi excitación iba en aumento poco a poco con el transcurrir de los días.

Allí abajo se perdía con suma facilidad la noción del tiempo. Tomaba notas para mi informe, sobre todo de aquellos contenidos que tenían que ver con la parte más desconocida de la isla.

Un día, mi trabajo se vio interrumpido por Jarneck, el ordenanza, que me traía un recado de Frederik, para que subiera a su despacho con urgencia. También me entregó un sobre grande y abultado a mi nombre.

Dejé el sobre encima de la mesa sobre la que estaba trabajando, sin prestarle atención y subí. El señor Wathesse me esperaba paseando cabizbajo por su despacho, con las manos a la espalda arriba y abajo. Me indicó que me sentase y el hizo lo mismo interrumpiendo así su caminata. Me dio una terrible noticia: Vittus Laggs había puesto fin a su vida ingiriendo una fuerte dosis de veneno mezclado con alcohol. Lo habían encontrado en su casa, caído sobre el suelo. Asimismo, manifestó su interés, en aquél mismo instante y sin consideración alguna hacia el señor Laggs, de que me quedara ocupando su puesto de una forma definitiva, pues consideraba que mi trabajo era muy capaz y adecuado y que me estaba esforzando sinceramente en mi labor, ya que, sin darme cuenta, estaba ayudando a los propios asuntos de la biblioteca que nadie estaba atendiendo. El puesto sería mío si lo aceptaba. Manifestó una honda preocupación, pues le resultaba difícil hallar una persona con mis conocimientos para continuar la labor del señor Laggs. Además, yo parecía haberme adaptado perfectamente a la misma. Se interesó por mis progresos con las cajas del sótano, y le puse al día una vez más, extrañado de que ante tan terrible noticia no mostrase, cuando menos por cortesía, un gesto de afecto por su antiguo empleado, un minuto al menos de conmoción por el tristísimo suceso. Lo único que pude decirle, controlando mi honesto sentimiento de mandarle al infierno, era que lo pensaría y escribiría a Londres para negociar un acuerdo con ellos en el caso de que aceptase.

Esta actitud de Frederic me produjo un profundo malestar. Lo expresaría como un sentimiento de asco, pero no era exactamente así. Su especie de ausencia de sentimientos me hizo olvidar al señor Laggs por unos momentos y buscar alguna reflexión que lo adecentara nuevamente a mis ojos como persona. Busqué en vano una explicación a su conducta. Bajé de nuevo al sótano y me senté en mi mesa impresionado y afligido por la muerte trágica de aquél pobre hombre al que apenas había conocido. Pasados unos minutos, mi vista se posó en el sobre que el ujier me había entregado. Venía efectivamente a mi nombre, pero el remitente era del propio Vittus Laggs para mi sorpresa. Abrí el sobre apresuradamente. Contenía una carta y un tosco cuaderno, con tapas de piel amarilla cosido a mano.

La carta, llena de sensibilidad, hasta el punto en que la mente esbozó la idea de que el monstruo y el autor no eran la misma persona, se dirigía a mí en estos términos:

"Estimado señor:

Gracias por sus visitas. Llevaba mucho tiempo sin recibir ninguna de mis conocidos y precisamente usted, a quien no conocía, es a quien necesito llamarle amigo ahora. Pues tal es la necesidad que tengo de uno. Lamento no haberle podido atender como conviene a un buen anfitrión, cuando usted me visitó en varias ocasiones. Agradezco su amabilidad al interesarse por mi salud y dedicarme unos minutos de conversación. Créame, hacía tanto tiempo que no hablaba con nadie de esas trivialidades y opiniones inocentes y limpias, que después de marcharse usted no podía contener las lágrimas. Le debo una explicación por todo lo que usted vio de mi persona y groseramente no satisfice en modo alguno. Perdóneme. Sufro una tremenda debilidad nerviosa y tengo ciertas lagunas aquí y allá, como le revelarán las notas que he ido añadiendo para hacer más comprensible el manuscrito del cuaderno. Sé que no he redactado ordenadamente mis ideas y no desearía ser un mal cronista.

Le envío mi cuaderno para que conozca el origen y el desarrollo de lo que ellos llaman "mi atroz dolencia", caso que nadie se explica ni sabe exponer razonablemente. Le autorizo a que muestre el contenido del cuaderno a quien usted considere, ya sean hombres de ciencia, o sencillos interesado, para que también conozcan lo que se esconde en el silencio que todos guardan a sabiendas en esta isla.

Estoy convencido de que aquí coexisten mundos extraños y fuerzas misteriosas y que nos rodean al igual que la propia naturaleza de nuestro mundo, el aire, el agua, la tierra o el fuego, y no se puede escapar de ellos. De un modo extraordinario nos infectan, y con una suerte de infiltración, nos comunican su mundo y sus horrores. Igual que el mar que rodea esta isla proporciona una humedad al aire de la que es imposible evadirse. El horror actúa así, poderosamente sobre el cuerpo, a través de la mente. La mente... y mi mente.... ya está irremediablemente rota.

El organismo físico posee unos límites que no puede cruzar, que no debería cruzar nunca, pero la mente no tiene ninguno, no se detiene ante nada, no tiene ningún impedimento y ocupa todos los espacios de la creación de Dios.

ºSi he de dar crédito a los manuales de medicina, soy un enfermo mental. Y el hombre solo es capaz de atacar su propia vida cuando está afectado de delirio. Yo creo firmemente que el suicidio es una locura más bien parcial, limitada a una sola acción, a un acto firme de la voluntad, breve pero poderosa, y eso me confiere valor para cruzar la única puerta que contemplo con esperanza. Confiamos en aquello en lo que creemos, y si esto es falso, entonces estamos solos ante lo desconocido.... ¡Absolutamente solos! y perdidos

Con sincero reconocimiento: Vittus".

P.D. Querido amigo, los escasos bienes que poseo se los lego a usted en pago a una deuda de sincera gratitud. Disponga de ellos como convenga.

Me afligió sobremanera el contenido de su carta, pues, en el silencio, su necesidad y mi compasión se encontraron en una misma línea temporal difícil de definir. Cogí el cuaderno y lo abrí. Me puse a leerlo quedándome absorto en el texto y olvidándome del cajón cincuenta y seis, del trabajo y de todo lo demás.

En la tapa de piel, estaba bellamente escrito un nombre:

"BERETRICCE "

A lo largo de las páginas del manuscrito, se apreciaban los rasgos de una letra bonita, con un redondo y clarísimo ductus, hermosos trazos que se inclinaban agudamente y bajaban, y ascendían vigorosos, casi con violencia.

En la primera hoja había una fecha, la única en todo el texto, que marcaba un inicio dejando libre el final. Dieciséis de enero de 18. Luego las páginas estaban cubiertas de escritura, sin apenas espacios.

El texto no había sido elaborado de una sola vez, los cambios de tono en la tinta, los cambios en el pulso del redactor y unos espacios dejados a la duda servían de línea divisoria para la exposición de nuevas ideas.

Comenzaba con las primeras letras escritas en mayúscula, para luego pasar rápidamente a minúsculas. A lo largo de las horas que siguieron, leí el texto repetidas veces. Me quedé sin palabras. Sus páginas narraban ciertos hechos tan notables y extraordinarios, como fatídicos y terribles; aun cuando a mí mismo me parecieran increíbles y fantásticos; y no me decidiera a aceptar con exactitud qué criterio debía seguir con respecto a su historia. En un primer momento, tras leer el cuaderno, rechacé razonablemente sus argumentos tildándolos de fantásticos y desmesurados, propios de una mente enferma, pues me hizo concebir la idea de que se trataba de un hombre falto de juicio al que una desafortunada locura alteró el curso de su vida al sufrir una serie de violentas alucinaciones provocadas por un sueño turbador que le hizo enfermar y tomar la decisión de suicidarse como única salida a su locura; no me atrevería a afirmar que opino lo mismo ahora, después de haber asistido al funeral de Vittus Laggs.

7

Los dedos del relámpago iluminan el cielo. A continuación, y sin mediar apenas el tiempo de dos respiraciones, el rugido de un trueno hace estremecer toda la casa desde el tejado a los cimientos. Los cristales crudos de las ventanas vibran en sus marcos y la lluvia arrecia aún más. Las nubes se cierran y oscurece. Yo también experimento un estremecimiento en todo mi ser, no debido al trueno, sino a un paquete envuelto en tela vieja que extraigo del arcón. Lo desenvuelvo y un cuaderno con las cubiertas de piel de un color amarillento queda a la vista en mi mano. Tras un primer examen, veo que la humedad ha pegado algunas páginas, y la escritura se ha deslucido hasta casi desaparecer y resultar ilegible en algunas partes.

En el salón, continúa agonizando la luz en los ventanales, y la tormenta hace parpadear las bombillas, amenazando seriamente con apagarlas. El frio penetra por los ventanales mal ajustados, cosa que no le va nada bien a mis viejos huesos. Así que agarro el cuaderno y me traslado a mi gabinete, al otro lado de la planta baja, donde agradezco la proximidad de la salamandra encendida. Compruebo de nuevo el estado del cuaderno con mejor luz y con la ayuda de mis lentes. Se ha estropeado bastante, las páginas amenazan con romperse si no voy con cuidado. En este momento decido ponerme a la tarea de conservar el manuscrito y copiar palabra por palabra todo su contenido en limpio. Un calor profundo en el corazón me hace ver que mi afecto por el autor de aquellas páginas no ha disminuido con el paso de los años, ni deja de impresionarme su terrorífico y enajenado legado.

Ahora, aquí sentado en mi vetusta mesa de trabajo, me dispongo a releer de nuevo el manuscrito, tantos años después como los que necesita el tiempo para reducir el imperio de un hombre a ceniza antes de que sus letras se borren para siempre. También ellas son devoradas por el devorador. La lluvia sigue golpeando los cristales de la ventana y me parece que hoy no podré pasear definitivamente. Invertiré las horas en tocar con mis dedos las delicadas páginas de este cuaderno, limpiarlo y guardarlo adecuadamente para su conservación en un lugar más propicio que la buhardilla.

¡Qué ingrato me siento!

Me pongo mis guantes de hilo y abro muy despacio la portada, no sin escuchar un leve crujido, como una queja, o como un aviso.

Escribo en mi libro de registros un número y el título que doy al cuaderno para su catalogación.

De entre las hojas acartonadas, cae al suelo un papel doblado. Lo abro y recuerdo lo que era. Un mapa rudimentario de las plantas de la Biblioteca en Verhemenn, que yo mismo había confeccionado para no extraviarme en aquella mansión tan grande y de recorrido tan tortuoso, mapa que ahora repaso no sin cierta nostalgia.

El diario de tapas amarillas luce en trazos de bella caligrafía inglesa el curioso título de...

MANUSCRITO DE MR. VITTUS LAGGS

"BERETRICCE"

SOBRE UNAS CUBIERTAS DE PIEL AMARILLA COSIDAS A MANO

El Palacio Velado tiene siete Salas. Lo cruza un rio del que no conozco su nombre, pero sé que el sueño común es arrastrado por sus aguas probablemente al olvido. Este Leteo onírico también tiene una barca, aunque no dispone de barquero que lo cruce. Al menos yo no lo he visto nunca. Al otro lado, el rio da paso a unos grandes jardines con un espeso aroma a flores de toda clase. Al fondo, sobre una loma de leve pendiente está el Palacio. Sus jambas no tienen puertas, pues están cubiertas de una sucesión de velos del más denso al más sutil. Sus muros destacan por los bloques de mármol, tan bellamente tallados, que se confunden con un cristal flamígero.

Este Palacio es Casa de Soñadores, sombrío para unos, luminoso para otros, donde las identidades fuera del mundo moran y lo desproporcionado es como una religión. Nunca un mortal imagina y siente las cosas ultramundanas como las que allí suceden.

A sus Puertas llegué una calurosa noche del estío, y créanme si les digo que no es nada fácil entrar en él. Se enmascara en un sueño y, cuando compruebas que estás dentro, ya es demasiado tarde.

El amor hace necios a los sabios, los hace prisioneros porque la pasión por cualquier asunto humanamente degradado es una cadena elaborada de extraños y oscuros materiales que nublan la mente y arrojan la voluntad al suelo.

Vivía feliz entre los muros de la Biblioteca Nacional, con la imaginación siempre ocupada en libros, legajos y piedras antiguas, talladas con signos rudimentarios. De la mayoría de todo este depósito podía analizar y traducir algunos fragmentos, pero de la tablilla número 35 no encontré el modo. Era diferente a las otras. Si aquellos signos componían frases, el texto era corto, de no más de veinte palabras. La piedra en que estaba grabado el texto estaba inusualmente pulida, la mano podía deslizarse sin obstáculos por la superficie y diría que no podía dejar de acariciarla. Era mi tabla preferida respecto de las otras que conservaban la superficie natural propia en una roca.

16 de enero de 18....

PERO HE AQUÍ LA NOCHE.
LA NOCHE otra vez.

Reptando como una antigua serpiente bajo el armazón invisible del cielo. Fagocitando la luz poco a poco. Con sutiles maniobras, imperceptibles, silenciosas y lentas, como una marea inevitable que lo invade todo.

Por algún momento podría afirmar que mis ojos me engañan, que su presencia no crece, que no avanza, alzándose sobre la cadena montañosa que se destaca sobre las últimas casas al noreste. Pero lentamente va dejando caer a su paso un sudario cóncavo de confusión, de tiniebla impenetrable.

Percibo su marcha en medio de mi tensión nerviosa, una mancha densa de victoriosa opacidad. Escucho cómo su lobreguez se va extendiendo en el silencio de sus pasos y susurra al espíritu de cada sombra una sinuosa orden, en un lenguaje mudo, sin palabras. Siento un desasosiego en cada rincón, el lugar donde es posible que mi imaginación, ingobernable ahora, se desboque y corra enloquecida, fuera de mi control.

La negrura comienza siendo casi nada, inicia su umbría ronda, hipnótica, como si tuviera en su poder la sabiduría de un hierofante de otro mundo, poderoso, arcano, que lleno de misterio inyecta el miedo a las gentes en sus corazones, para que huyan de una forma aparentemente natural y busquen un refugio seguro ante el temor de su amenaza, sombría, a la que envía incorpórea a lomos de los vientos nocturnos, desparramándolos por toda la tierra.

¡Me asusta aún esa misteriosa fuerza con la que arrastra a los humanos a la modorra y al ensueño!¡A su voluntad! Tornándolos tan …¡vulnerables!

Es bien cierto que los hombres estamos hechos de carne y sueños, que somos débiles y fugaces, y eso hace tan fuertes a las bestias de la noche.

El ejercicio de las potencias fortalecidas en el hierro del día no son nada al cruzar el umbral del sueño, resultan ineficaces, rotas, débiles, un ejército de niños frente a un titán, hasta ser derrotadas. En los jardines de la noche, donde florecen las quimeras de suave fragancia, y se recogen atrocidades y miedos en los corazones abiertos, la voluntad deserta irremediablemente y el alma habita una región dudosa, que oscila entre un palacio de lunáticos que danzan ebrios de gozo y el sufrimiento de la pesadilla y de la muerte.

Miro al cielo y observo nervioso, pues trato de convencerme de que ya no estoy bajo su dominio. De que he sobrevivido al Sueño. Pero en el fondo no lo creo así.

Mi memoria es una landa de horrores. Mi pasado es una locura y un espanto .

Hace mucho tiempo que, cuando duermo, no tengo ningún sueño.

Me administran una droga. Dormir es poco más que un descanso para mí. El tónico me encierra en un nivel de inconsciencia necesario, pero donde no pueda sufrir ningún daño. Es como vivir en una habitación sin puertas ni ventanas, donde me veo delgado y pálido, cubierto por una fiebre nerviosa, la piel me hormiguea y continuamente me acompaña la sensación a mi alrededor de un muro invisible y blando. Mi sueño es como vivir en una prisión mental.

¡Siento que vivo emparedado!

La substancia bloquea las entradas y salidas de mi subconsciente. Impide que yo viaje a parte alguna. Así que ya no tengo posibilidad de experimentar otras sensaciones que no sean las del pobre y miserable mundo de los cinco sentidos. Puedo imaginar cuando estoy despierto. Pero no es lo mismo. Mi consciencia ya no viaja y así es como pretenden que viva.

Siento una especie de vértigo que, como una nausea, sube del corazón a la cabeza y constante me acompaña.

A pesar de la estupidez de los sueños estimados como un puñado de disparates, de idioteces intangibles engendradas como espectros de un delirio perpetuo, condenados a vivir vidas que se desvanecen en las manos al salir el sol y a pesar de la falta de valor que generalmente se les concede, los echo de menos. En alguna ocasión, impulsado por esta necesidad, he dejado de tomar la droga y lo he intentado. ¡Sólo! ¡Sin protección! ¡Desesperado! ¡Decidido a correr el riesgo del horror! Pero mi naturaleza ha olvidado el camino, ya no lo recuerda, lo ha perdido todo. O bien, el terror es mayor de lo que imagino y me paraliza sin que yo lo advierta.

Debe de ser eso. Algo en mí lo rechaza abiertamente. Y me siento, por tanto, menos humano que los humanos.

¡Creo que la falta de una pierna o de un brazo me afectaría menos! ¿Cómo surgió mi horror, este horror, si es que esta palabra, puede hacerle justicia? ¿Cómo me ciñe este género de inteligencia que corre paralela a la demencia?

Hoy no puedo recordarlo claramente.

Y querría contarlo ordenadamente, tal y como sucedió, pero el tiempo se alarga para mí como una sombra bajo el ocaso y he perdido la noción de los ciclos naturales, de las horas, de las estaciones, pues permanecer en vela noches y días ha destruido para mí el concepto del tiempo.

No es fácil de explicar cómo he llegado hasta aquí.

Me ofusco queriendo comprender, cuando la existencia entera me enseña que no se puede entender nada. Que somos débiles criaturas en mundos desconocidos. Que somos vanidosos porque necesitamos el valor de cobrar un precio a los demás, y temerarios por que el coraje nos resulta insustituible.

La memoria no es generalmente el mejor aliado para la exactitud de los recuerdos, pero en mi estado lo es menos aún. La memoria olvida que el recuerdo es una verdad que yace arrugada en el fondo de una neblina, de alguna manera, envuelta en unas emociones difíciles de nombrar, perturbadoras e increíbles. La memoria tiene el hábito de distorsionar la realidad. Esta distorsión marca una frontera entre los mundos y debo contar con ello. Nunca puedo fiarme de que todos los recuerdos sean fieles a lo que escribo, aunque es lo único que tengo.

Como todos los sueños que puedan acontecernos, este apareció como uno del montón, de una forma natural. Creo que hay pesadillas que no son creíbles fuera del estado del sueño. Pero quizás hoy me atrevo a afirmar que el sueño lo sea todo. Que es un universo que cubre toda la tierra, sin dejar un palmo sólido donde poner los pies. Que, en realidad, fuera de los sueños no existe nada.

En mi desesperación por encontrar un culpable ante hechos tan desmesurados como los que me han sucedido, descargo mi fallo culpando de esto a una pequeña excursión al Mayarz, donde de una forma inocente he sido atraído por los vivos colores de una pequeña pradera cubierta de acónito y de una variedad llamada *Amalacias Vartinas,* o como la llaman los antiguos por aquí, *"La Planta de los Brujos",* planta muy común al parecer en estas sierras. En su deleite me demoré más de lo conveniente inhalando su perfume, tan dulce como una brisa fresca que serenaba mi ánimo y aplacaba mi carácter. El amigo a quien acompañaba, un hombre de la zona que hizo de guía, previamente me advirtió sobre ellas. Se indignó al ver que no seguía sus recomendaciones y manifestó su enojo a gritos por mi desobediencia y mi falta de tacto hacia su conocimiento de las cosas, heredado de sus antepasados. Pero lo cierto es que yo no di ninguna credibilidad a sus palabras, pues las supersticiones van de la mano con la vida diaria en la Isla. Y esta es una cosa que todos los extranjeros nos vemos obligados a aprender cuando decidimos vivir aquí.

¿Cómo pude saberlo entonces? Imposible. Ahora lo sé.

En el sueño, caminaba, estaba sólo, confundido entre una multitud que, como un rio enorme, discurría por lo que era una gran avenida y que confluía ruidosamente en una gran plaza.

Todo el mundo parecía estar celebrando algo. Coreaban canciones cortas y repetitivas, como las viejas letanías religiosas de viejos tiempos ya en el olvido.

Tenían botellas y copas, y brindaban exultantes de alegría. Se cogían de las manos y se abrazaban y se besaban bajo el color amarillento de las farolas de gas. Allá, *más arriba*, las estrellas relampagueaban sobre el velo de la noche.

Yo llevaba mis manos en los bolsillos de un abrigo crema y unos zapatos de piel. No necesito lentes, pero allí las llevaba, con el puente dorado.

Una especie de fuerza surgida de la nada, que bien pudo ser un instinto o una curiosa percepción, me hizo girar a la derecha y me condujo a tomar una calle larga y estrecha, solitaria y mal iluminada, apartándome del gentío. Me pareció estar en alguna de las calles de un barrio viejo, de una ciudad antigua, de la que no podría decir su nombre. Su lóbrega soledad me embriagó. Una exhalación densa que habitaba en la memoria de su atmósfera, y que empapó mis hábitos taciturnos llenándome de una tímida alegría.

La calle en un punto se tornaba sinuosa perdiendo la belleza de su aplomada línea, y a ambos lados se abrían como ramas retorcidas unos mal iluminados callejones que se diversificaban y se perdían en la oscuridad más impenetrable.

El ruido de un bullicio blando, amortiguado por los muros de los edificios, llegó hasta mí *súbitamente m*ientras caminaba por este silencioso lugar. Detuve mi paseo delante de una taberna adornada con un viejo y destartalado cartelón sobre la puerta. La pintura del rótulo estaba cuarteada y lo circundaba un ópalo de luz. Su mal estado impedía leer el nombre que tenía escrito.

Una cristalera cubierta de un espeso vaho como una neblina, situada justo al lado de la desvencijada puerta de madera, me impedía ver lo que sucedía en el interior. El alegre bullicio sonaba lejano, ajeno al silencio de la calle, como si allí se dividiera el mundo. Abrí la puerta y entré, sometido aun a la misma fuerza de tan extraña y desconocida naturaleza que me había sacado de la avenida y me había empujado hasta allí.

Empuje la puerta que crujió e hizo sonar una campanilla dorada, grande y pesada y crucé el umbral. Por unos breves momentos me sentí algo confuso, agitado por emanaciones nuevas para mis sentidos. El interior estaba bañado con una luz muy fuerte y poderosamente azulada, envuelta en densas vaharadas de humo de un aroma dulzón, propio del tabaco de las islas y del suave perfume de una inmensa variedad de alcoholes. El local estaba casi lleno.

Una joven increíblemente bella llamó por completo mi atención. Iniciaba en ese instante una canción acompañándose de un piano, en tanto que los clientes seguían el ritmo palmeando las mesas o haciendo chocar las cucharillas contra los vasos de cristal. En medio de aquella luz, rebotando y brillando en las copas y licoreras, la melodía me resultaba tremendamente atractiva y familiar. La mujer, como digo, era muy atractiva, tenía la cabeza ligeramente inclinada y ciertas sombras parecían desfigurar un tanto su rostro, lo que me impedía apreciar bien sus rasgos.

La expresión de sus ademanes, la armonía de su voz, la emoción de todo su ser la convertía en una mujer fuera de lo común. De pronto levantó su cabeza y, ya sin sombras, pude observar que conservaba aún un leve gesto infantil en su semblante. Tenía los labios pintados, muy bien perfilados de un color rosáceo. En cuanto a la nariz, un poco pequeña. Los ojos muy grandes, muy abiertos, oscuros e intensos, se perdían en el espacio por sus largas pestañas negras, como el resplandor de un fuego, que le aportaban un aire de frescura e inocencia extraordinariamente deseable. Una sonrisa amable asomaba por ellos, pura, perfecta.

Me miró y, excepto sus ojos, toda ella se disolvió en el vacío. Tenía la voz dulce y muy sensual, aterciopelada, profundamente sugestiva. Movía la cabeza levemente, acompañando el ritmo de la canción. Su pelo denso y de tonos negros y azulados se desplomaba en bucles hasta más abajo de los hombros, y continuaba como una cascada a lo largo de su espalda, sobre el terciopelo de una chaqueta azul.

Ahora yo estaba bebiendo. Alguien me había servido un vaso de licor verdoso de un sabor fuertemente herbáceo. Todo el mundo reía a mi alrededor, con la boca muy abierta, como si lo hiciera a carcajadas.

Volví mi atención sobre la mujer. Nunca había visto antes una así, y sentí que podía quedarme mirándola allí para siempre. Era como un hermoso jardín donde la estancia se tornaba extremadamente apacible. Había en ella algo primordial, profundamente hermoso, angelical, lejos de cualquier artificio. Sentí esa abstracción que me resultaba muy difícil de definir, pues el corazón había tomado el lugar de la cabeza inadvertidamente para mi para que me permitiera expresar lo perfecta que era, y que solo la pausada contemplación, en silencio, podía superar los pobres detalles que en un principio había observado en ella. Su cuerpo se me antojaba bajo la ropa como el de una diosa. Me estremecí como nunca me había sucedido.

Entonces acabó la canción. Una oleada de aplausos llenó todo aquél sitio. Ella saludó cortésmente con una ligera inclinación, cogió su capa y salió a la calle.

Me levanté de un salto sin dudarlo un instante y abandoné el café precipitadamente detrás de ella. Alguien me agarró en ese momento por el brazo intentando decirme algo en un idioma que no entendía en absoluto. Era un hombre vestido de riguroso negro, con levita y lazo americano al cuello, que insistentemente me ofrecía otra copa de licor en una gran bandeja circular de metal; tenía la frente muy alta y una porción de pelo bastante escaso estaba reunido cerca de la coronilla, al contrario de cómo actúa la alopecia, y de una textura semejante al alambre, un alambre más grueso de lo normal que hubiera sido golpeado por un martillo para darle aquella forma. Sus ojos parecían estar hechos de goma. Entretanto, la mujer había desaparecido por la puerta, mientras yo intentaba zafarme de aquél hombre. Durante el forcejeo me desperté.

En ese mismo instante podía revivir cada momento del sueño con una minuciosidad increíble, cada detalle, cada perfume, cada textura, cada color. Tenía la boca pastosa y los ojos humedecidos. Una sensación de temor me tenía agarrado el estómago, y en ese mismo instante mi mente, con la velocidad de un relámpago, se quedó en blanco.

Un creciente interés que brotaba de mi interior, aunque no sabría precisar de dónde exactamente, me impelía a una fuerte necesidad de reflexionar sobre aquel asunto que, examinado con la razón, carecía de importancia y cada segundo que transcurría, en sí mismo perdía toda su importancia. Se desvanecía, deshilachándose como una tela vieja roída por los nuevos tiempos en mi conciencia. En un instante lo consideré todo una bobada. Me levanté, fui hasta la cocina y bebí un vaso de leche.

Pero entre este sueño y otros sueños ya no hubo más sueños. Al menos tal y como yo los entendía. Y ahí empezó todo.

A los pocos días, el sueño volvió a repetirse.

Idéntica escena tras escena, todo volvía a repetirse, ahora en un silencio envolvente donde los actores danzaban con una música muda. La misma celebración, en el mismo lugar, la misma plaza, las gafas y el café que ya conocía. Y ella otra vez, al mismo piano y cantando la misma canción. Se repitieron los aplausos. Terminó, agradeció con gesto la ovación del público, cogió su capa y salió por la puerta. El hombre de los ojos de goma me salió al paso otra vez. Llevaba un cartel con un texto escrito en la bandeja de metal en vez de un vaso de licor. El cartel decía: *"No hay cerradura, no hay llave"*. Estaba escrito en trazos negros muy gruesos como si lo hubieran hecho con una brocha y un bote de pintura negra.

Lo dejé allí plantado y salí.

Poseía otra vez una extraña lucidez, era una consciencia a pleno rendimiento, expandiéndose. Una consciencia supra humana. Nada me resultaba ajeno, era como si siempre hubiera estado allí. Todo era exacto hasta la exasperación. Y lo conocía.

Salí detrás de ella, y esta vez alcancé la puerta con menos esfuerzo que la anterior. Ya en la calle vi a la mujer caminar muy deprisa. De hecho, no parecía caminar, sino deslizarse sobre el suelo y tuve que forzar extraordinariamente mi paso para no perderla de vista.

La calle estaba desierta y una niebla pegajosa y húmeda bajaba entre unos edificios de madera pintados de amarillo. Llamé a intervalos su atención, gritando y agitando los brazos. Por un momento se detuvo y se giró, miró hacia atrás, como si pareciera oírme, pero no pareció verme. Su mirada atravesó el espacio dándome a entender que yo no estaba allí. Aquella sensación me llenó de un pavor extremo. Indiferente, reanudó su paso rápidamente y desapareció por una calle próxima. Eché a correr y, en medio de resoplidos y jadeos, alcancé la esquina, pero allí ya no había nadie.

Solo negrura y silencio.

Una fortísima impresión, traducida en desaliento y una pena agudísima y lacerante, me despertó. Era como si hubiese ingerido una poción de amor puro, demasiado fuerte, a la que no estaba acostumbrado. Todas mis sensaciones y sentimientos habituales se hundían sobre mí como los escombros de un edificio que se estuviera derrumbando, como pedazos inservibles de la vida que yo había vivido hasta ese momento.

Podría decir que me había dado la vuelta sobre mí mismo y ya no recordaba al de antes. Yo era otro, más propio del sueño que de la vida real. Otras eran mis reacciones, otros mis sentimientos, e incluso intuí que era otro mi nombre. Había descubierto la otra cara de la verdad, la auténtica, y me abandonaba a un mundo desconocido, tan ajeno al que era como yo mismo en aquellos momentos. Me hallaba completamente empapado en sudor, gimiendo, preso de un estado febril.

Recuerdo que mis primeras reacciones al despertar fueron muy confusas. Tenía dificultad en asumir con cordura que aquello era solo un sueño. Miraba a mi alrededor con la mente en blanco, con la idea aún temblorosa, buscando la posibilidad de abordar a aquella mujer.

No sabía exactamente dónde me encontraba y no reconocía mi propia casa, buscaba los puntos de referencia de la calle en los espacios de mi habitación, luego quería ponerme la ropa y llegar hasta allí, y presuponía que me encontraba en la misma ciudad. Me movía como un borracho que no puede mantenerse en pie y no puede despegarse de la gravedad del suelo ante un inútil intento de equilibrio.

La cordura, que es esa forma de locura déspota e irracional, aceptada humanamente como algo bueno y necesario, impuso su dominio por la fuerza bruta sobre el sueño, me arrastró a recuperar el pulso de cada objeto, y del presente.

Una parte de mí permanecía rebelde, permanecía reacia a semejantes e inevitables circunstancias. Era mi anhelo volver a su lado, pues sólo ella tenía sentido, yo había perdido ya el mío y había sufrido un cambio extraordinario del que no era del todo consciente.

Los días posteriores transcurrieron vacíos y aburridos, mientras mi cabeza solo pensaba en el sueño a todas horas. Todo mi ser reclamaba la presencia de aquel ángel de quien no conocía ni su nombre. Era el mudo que no podía expresar su sed, o el niño sin palabras que no puede comunicar sus peores temores al mundo.

Los siguientes días fueron desastrosos para mí. Un silencio denso y severo me circundaba como un enemigo invisible. En cierta medida estaba agradecido. No podía soportar la irrelevancia de las conversaciones, las trivialidades de los hombres, la mecánica diaria marcada por el sol y la luna, ¡odiaba su prisión circular! ¡sin fin, sin principio!

Miraba mi corazón anhelante, suplicando su presencia, su venida a mí, al otro lado de las barreras del sueño; prisionero, esclavo ardiente de la mayor pasión que hubiera podido jamás imaginar.

La razón se mostraba inútil, solo podía preguntar ¿por qué?, y…. ¡gracias!

En las posteriores semanas el sueño fue despertando mi curiosidad más y más. Me sentía tan seguro de la pasión que sentía por aquella mujer, una pasión hasta entonces desconocida y extraña, que me amarraba a su deriva y me dejaba arrastrar. Una energía que había permanecido escondida hasta ese momento, aletargada, se despertaba y avanzaba lenta e inexorablemente hacia el centro de mí mismo. Como un apetito acumulado por eones, la necesidad y su aceptación me hacían oscilar como el péndulo de un reloj diabólico entre la vida conocida y aquella nueva frontera. No podía apartar sus ojos de mi pensamiento. Me vi envuelto en una obsesión por aquella mujer de la que desconocía su nombre. Pero ¿qué importan los nombres?

Envuelto en una bocanada cálida y agradable me dejé llevar a un vuelo suave, sin retorno, a una honda ensoñación romántica que me apartaba más y más de las orillas de lo cotidiano.

El mundo que me rodeaba me resultaba gastado, como un ropaje antiguo e innecesario que despreciaba con un gesto de asco y de hastió. Mi carácter fue cambiando, tornándose más silencioso, no intervenía en las conversaciones cotidianas, me sentía como un viajero que está a punto de partir y nada de lo que deja atrás le interesa ya, ni estimula su atención. Sólo ese mundo nuevo merecía mi devoción, pues allí habitaba ella, que sin duda debía aparecer. *¡Tenía que* aparecer! No me resignaba a vivir en este mundo apartado, que ahora aparecía a mis ojos tan sombrío y gris, amorfo, desmesurado, carente de sentido y habitado de disparates y tragedias.

La espera se me hacía insoportable.

Entonces me dispuse a ocupar mi tiempo enfocándolo a ese encuentro próximo que, sin duda, estaba seguro de que se produciría. Visité el estudio de un retratista profesional, con la intención de que plasmara en un dibujo su semblante. A pesar de mis indicaciones, sumamente precisas, el trazo más leve de sus lapiceros embrutecía su aspecto, su apariencia distaba del original tanto como las tierras desérticas de las lujuriosas selvas; aquella efigie tan maravillosa y completa, de la que yo abrigaba el temor de que en cualquier momento se desvaneciera y no pudiera recordar ya sus rasgos nunca más. Se extendía más allá de lo humano reflejar su ternura, lo que guardaba dentro de sí todo su ser. Aquellos dibujos eran un pálido boceto de su autenticidad.

Este infierno me acosaba de continuo, sin concederme un momento de tregua. Gimiendo de ansia pasé algunas noches y el sueño no volvía a repetirse. ¿Alguien puede imaginar mi desolación? Dormía envuelto en una agitación que me resultaba insufrible. Me afané intentando conservar la consciencia en los inciertos límites del sueño, para caer derrotado un día tras otro, pues o bien no conciliaba el sueño, o bien me dormía y olvidaba mis propósitos y mis sueños se perdían en vanas digresiones.

Clamaba desesperado al cielo que me permitiera arribar al mismo sueño, pero sólo obtenía su silencio y mi deseo.

A pesar del movimiento de los días, no podía olvidarme del sueño. El trabajo en la biblioteca no conseguía apartarlo de mi cabeza. Poco a poco empezó a obsesionarme aún más. En la nebulosa de mi memoria recordaba la belleza de aquella mujer y, como si de un apetito insaciable se tratara, fue creciendo, buscando su culminación.

Entonces, cuando la fiebre ya había hecho presa en mí, perdida toda la esperanza y mi incipiente locura marcando huellas en mi semblante, entonces, de forma inesperada, el sueño volvió a repetirse obedeciendo a una estrategia desconocida y malvada del universo y del tiempo, una intención sobrenatural lejos de todos los juegos lógicos de este mundo.

Lleno de excitación fui testigo de cómo todo el proceso vivido ya antes volvía a repetirse de nuevo, desplegándose ante mí, como si deseara que mi cabeza memorizase el camino, sin apartarme de un itinerario misteriosamente establecido, esclavo de unas escenas que parecían estar condenadas a repetirse en el tiempo.

Pero todo eso no me importó. Pues quien me importaba era ella.

La infernal idea de perderla de nuevo, tras llamar su atención en la calle, me atravesó como una oleada de angustia y de cólera. Pero esta vez pareció verme. Una súbita alegría, casi infantil, hizo que me aflorara un incipiente llanto, el llanto del desvarío de un pobre loco extraviado en un lugar extraño, sin más mapas ni ayudas que un extremo sentimiento y una voluntad férrea.

Parada junto a la esquina, me esperó pacientemente a que llegara a su altura, con una sonrisa aflorando en su mirada. Puso su mano enguantada sobre la mía y empezamos a caminar en silencio. Este primer contacto más directo casi me hace perder el control de mis actos. Percibía la fuerte sensación de que cualquier cosa que yo pudiera decir, ella ya la sabía. Nos conocíamos bien y el amor parecía bastar para explicar aquel universo. El tan deseado encuentro hacía latir mi corazón con la fuerza de una juventud eterna, soñadora, inmortal.

Comenzamos a andar y, a nuestro paso, abundaban las casas viejas con grandes patios interiores, todas de madera, laberínticos pasadizos y callejones sin salida. Edificios coronados por tejados decrépitos, donde se movían a su antojo los gatos y otros depredadores nocturnos.

A lo largo de la callejuela todas las tiendas viejas estaban con las persianas bajadas, con enormes y herrumbrosos candados en los cierres. Seguimos cruzando callejas oscuras, y una serie de patios silenciosos, desiertos y apagados.

Ella caminaba con la cabeza alta, la barbilla erguida, con cierta elegancia sinuosa, exhalando un tipo de encanto que percibía perfectamente y me embriagaba con la fuerza de un potente narcótico. A cada paso le acompañaba un movimiento ondulante, los pliegues de su vestido oscilaban levemente, como si una brisa que no viene de ninguna parte los hiciera moverse. Estaba llena de un desbordante movimiento seductor, natural y fresco, como la naturaleza sin artificios y salvaje que se da en las figuradas mujeres de la fantasía más deseada por los instintos.

Era una femineidad antigua y excitante, como la luna, como si viniera desde los orígenes del mundo hasta mí.

Me preguntó:

—¿Quiere acompañarme?

Mientras me hacía la pregunta se quedaba quieta y me miraba con sumo interés y atención. Directamente a los ojos. Su pelo flotando en la brisa de la noche.

Su voz tenía un tono suave y sentí la necesidad de beberme sus palabras en una copa. Entonces, inexplicablemente, en una rápida y breve imagen volvió a mi memoria la copa que el hombre de los ojos de goma me ofreció y que yo rechacé.

No hay cerradura, no hay llave, escuché en un susurro.

Ella siguió andando, llevándome de la mano. Apretaba el paso y comenzaba a tararear la canción que acababa de interpretar al piano, entre dientes, susurrando para sus adentros.

Me vi obligado a caminar a grandes zancadas para seguir su ritmo, y repentinamente sentí cómo las piernas empezaron a fallarme. A pesar de mi buen estado de forma, no podía seguir su paso. En unos momentos estaba empapado en sudor, pero ella no parecía acusar el esfuerzo.

A cada pequeño trecho se detenía con una sonrisa y me esperaba, mientras yo jadeaba, hipnotizado por el delicado roce de su cuerpo con las ropas, por sus movimientos, por la melodía sensual de su canción que mantenía sin aparente esfuerzo. Cuando llegaba a su altura, encabezaba de nuevo la marcha con rapidez y sublime elegancia, sin perder nunca la sonrisa.

Llegamos a una puerta bastante deteriorada y no demasiado limpia. En el frontispicio de la puerta podía leerse con dificultad, pintado sobre el mismo el nombre, "Wheröllton Hall". Enredado entre las letras del rótulo se podía apreciar también, muy desconchada, la figura de un demonio rojo con un tridente en su mano izquierda y lo que parecía una flor en su derecha. Abrió la puerta y encendió la luz de un amplio vestíbulo con una gran escalera al fondo. Las paredes eran de yeso, de un color rosáceo deslucido, y el techo aparecía festoneado con unos excéntricos dibujos en relieve. En el centro una lámpara de brazos, cubierta de óxido y muy grande, derramaba sobre las baldosas de terracota del suelo un pobre charco de luz. Todo tenía un tono apagado, pálido. Había un fuerte olor a humedad. Como si hubiese filtraciones de agua en el interior de las paredes.

Escuché un crujido seco dentro de mi cuerpo, a la altura del pecho. Una oleada intensa de calor me empujó hacia la calle, llevado por alguna clase de viento con una gran fuerza, mientras aquel lugar empezaba a desmenuzarse sobre sí mismo, como si el edificio entero estuviera deshaciéndose, desmoronándose, convirtiéndose en partículas que se perdían en un vacío oscuro, hasta quedar en la nada… *¡y desperté!*

Salté de la cama soñoliento y aturdido. *Aún entre las hebras de la confusión* me puse a derribar y a romper todas las cosas que iba encontrando a mi paso, intentando guardar el equilibrio. Una sensación más fuerte primaba sobre todas las demás. El dolor del corazón roto del amante. ¿Cómo era posible? Había sido separado nuevamente de ella.

¡Me resultaba insufrible!

La impotencia me azotaba como un látigo a una velocidad inexplicable ante mis ojos. Desatada. Estaba locamente enamorado. Pues locura es el amor. Ofuscado. Ebrio de emociones extrañas que nunca había sentido y de origen desconocido, aunque en el ensueño me aparecían muy diferentes y familiares… ¡Mías y solo mías!

De pronto me encontré ante la ventana de la habitación. La bruma ascendía como el humo. Como algo vivo, frio, sutil, enroscándose en el aire helado de la noche, serpenteando malignamente, como una gran columna que sirve de puente a los mundos y que volviera al suyo abandonando este. Cruzando el umbral de las puertas del silencio.

A los pocos días tuve un sueño que aparentemente no tenía nada que ver con el anterior. Avanzaba por un agradable valle, y contemplé el sol en su cenit, filtrando sus rayos entre un grupo de nubes, como doradas líneas de lluvia sobre un antiguo santuario.

Una ráfaga de nostalgia me trajo la imagen de la mujer que tocaba tan armoniosamente el piano. Se materializó entonces, delante de mis sentidos, y me sonrió. Como una aparición venida de no sé dónde, pero que agradecí con un suspiro largo en forma de plegaria amorosa y que me hizo sentir feliz como un niño.

Mi alma se despojó de pronto de su pesado traje de melancolía.

No encontraba las palabras para describir la dulzura y la sensualidad de aquel encuentro. Lo que más me conmovió fue su transparente sinceridad en la expresión y su inocencia, tan profunda que mostraba su alma en completa desnudez, sin miedo.

Esta demostración de belleza tan inusual se apoderó de mí, en tanto que mis ojos se tornaban en los ojos de un amante, absortos y mudos, en una contemplación casi mística, preñada de deseo.

Sin dejar de mirarme, cerró un libro que tenía entre sus manos, con el lomo embellecido con ribetes de oro. Un libro de poemas, pensé.

—Nada hay —dijo como si me adivinara el pensamiento— que me guste más que leer. Es una actividad llena de atractivos para mí, sobre todo cuando retrata fielmente mi mundo, este mundo.

Estaba embelesado en el contenido de su conversación, aunque he de confesar que, por breves momentos, deje de oír su voz para disfrutar de su magnífica figura bajo aquel sol, en aquella mañana.

Me ofreció su mano y me invitó a pasear. La cogí tembloroso, y ya nos disponíamos a caminar cuando ella se giró graciosamente y se detuvo un momento, como si estuviera esperando a alguien. Entonces temí que estuviera acompañada por otro hombre o cualquier otra persona de su elección y que yo, debido a mi embelesamiento, no había advertido. Entonces vi, descendiendo por una ligera pendiente y por entre los majestuosos árboles que cubrían el sencillo camino, un magnífico y hermoso gato de gran tamaño, más allá de lo que suele ser corriente, que se aproximó a su lado y que ronroneo complacido mientras proseguíamos nuestro paseo, añadiendo a nuestro encuentro una sensación de hechizo y de misterio.

He de añadir que en este momento el paisaje era bellísimo. Estábamos rodeados por espesos bosques de pinares y enebros, y el suelo, como una alfombra, estaba repleta de unas flores de colores muy vivos y de un agradable perfume que flotaba como una neblina por encima de un pequeño arroyo. Sobre las copas de los árboles se adivinaban unas montañas lejanas teñidas de azul. Sobre una colina se levantaba lo que me pareció un palacete que no condujo más allá mi interés.

Terminamos de bajar la pendiente y cruzamos un trecho hasta llegar a una fuente de piedra. Allí tomó delicadamente mi mano y me llevó hasta ella. Humedeció la suya y, volviéndose hacia mí, me acarició el rostro, refrescándolo. Aquella frescura me empezó a cubrir todo el cuerpo. Y desperté. Desperté agitado, pesaroso, casi llorando, como un hombre que ha perdido su fortuna y la contempla como si nunca la hubiera poseído.

Un relámpago iluminó los cielos a través de la ventana, y un trueno restalló en la lejanía abriendo violentamente la ventana de mi habitación y permitiendo que la lluvia se colara en el interior. La cerré con esfuerzo y miré el reloj de pared. Un escalofrió me recorrió por entero, las manecillas de la esfera habían desaparecido.

Me quedé apoyado en la pared, presa del desaliento.

Sabía de lo grosero de mi cuerpo, y de lo tosco de los sentimientos de hombre, que me incapacitaban estando despierto para acariciar tan adorable fruto.

¿Acaso la liberación de tan pesado ropaje no es parte de la divinidad en el hombre?

La belleza en una dimensión fuera de la dureza de un "yo corpóreo", donde el propio deseo y el candor alimentan como un fuego eterno su propia existencia. Allí donde ningún deseo es inmoral.

Ser lo que realmente soy, sin el cuerpo, pues el cuerpo y su existencia bien me parece ahora mismo cosa de locos. Un puñado de tierra y de agua condenados a tomar sólo su porción de barro. *¿No soy acaso también aire y fuego? ¿Y no es más limpio mi yo en estos gráciles elementos que en los otros que son como un lastre?*

Si esta es la mejor parte del hombre, solo sirve de abono a la tierra y eso le impide recoger los mejores frutos. No despliega sus alas, pues corre tras afanes perdidos y la mayoría entra en el sueño empleando un tiempo prestado, sustraído, tras haber robado unas horas al trabajo y a las preocupaciones más mundanas y estultas.

Pues el curioso mundo de los sueños, en el que todos vivimos, resulta más maravilloso que conveniente, más hermoso que útil, más digno de ser admirado y comentado que disfrutado y usado. Pensé que, como a un bello jardín, lo conveniente era dedicarle su tiempo, aprender a caminar por él como un primer peldaño a otra realidad desconocida.

El amor, como la poesía, pueden resultar irrelevantes para muchas personas, confundidas en su esencia, embrutecidas por el tedio resuelto *únicamente* a saciar el hambre; pero yo ahora estaba empeñado en aquellas cosas de existencia tan sutil y vivía por ellas.

La vida se llena de apetitos por doquier que debemos saciar. Y en ocasiones, cuando el fruto no nos colma, la vida se transforma y se crea una nueva.

Sabía bien que todos los deseos son inmorales si no están límpidos de carne. Pero en aquél momento, ¿qué bien podían hacerme ya esos escrúpulos? Ahora todo el entorno se volvió una fobia, todo cobraba el valor de un prejuicio, y la nostalgia aumentaba con una vehemencia maniaca.

Me quede amodorrado en el desarrollo de mis pensamientos y alcé de nuevo el vuelo quedándome dormido. Cuando volví al sueño, vi como las olas se estrellaban con violencia contra las rocas, que formaban una especie de anillo compuesto de rompientes, atrayéndome al abismo que se abría tras ellas para caer en el terrible maëlstrom que abría su ojo en las negras aguas de aquel mar.

El barco en el que me encontraba estaba totalmente escorado y con las velas rotas. Parecía a punto de naufragar bajo la tormenta, casi perdido en el horizonte de la vasta oscuridad, apenas alumbrada en momentos por los débiles fogonazos de la luna. El viento era cortante como el filo de un cuchillo y la fina lluvia me arañaba el rostro provocándome un dolor lacerante, como una aguja que arrastra su punta por la piel.

Salté de la nave ante el inminente desastre e intenté abrirme paso en la oscuridad de las aguas. Nadé con todas mis fuerzas hacia lo que yo creí que era la costa. Entonces la vi a ella sobre las rocas. Estaba de pie al borde de un aparente precipicio. Se giró y me sonrió mientras señalaba con su dedo índice, totalmente extendido, en dirección al barco. Iba vestida completamente de blanco, un vestido vaporoso que las fuertes rachas de viento ceñían a su cuerpo, haciendo resaltar más aún sus formas, flameando como una débil luz sobre los rompientes.

El sonido de los truenos y del viento me impedían escuchar con claridad su voz. Solo podía ver cómo movía los labios dirigiéndose a mí. Nuevamente el deseo afloró a mi piel. Mi respiración se hizo más pesada. Mi sangre golpeaba la cabeza con fuerza.

Inesperadamente, el sol salió, envuelto en una niebla lechosa, cegadora, que emborronó toda la escena. Y cuando a tientas subí trepando como mejor podía, al borde del abismo, con precaución temerosa, pues temía perder pie, caer y morir, allí solo hallé un gato en el lugar, pues ella ya no estaba. Me quedé observando el gato y lo acaricié, era de un gran tamaño. Entonces me miró directamente a los ojos y retiré impulsivamente la mano. Sus ojos eran amarillos, acuosos, colmados de una feroz inteligencia. Abrió levemente la boca y me enseñó los colmillos. Luego desapareció entre unas rocas. Volví mi atención al barco que era ahora un punto perdido en la distancia y la tormenta había desaparecido.

De nuevo, a mis pies, apareció otro gato algo más pequeño que el anterior. El animal lamía sus patas delanteras ajeno a mi presencia.

Poco a poco giró la cabeza y me observó fijamente. En sus ojos vi una muralla hecha de piedra, alta y vasta, con una palabra o un nombre, pues fue una imagen demasiado fugaz escrita en un color rojizo que bien podría ser sangre que chorreaba hasta el suelo, fresca aún, a lo largo de los sillares. Esta imagen me despertó. Y una sensación de pérdida me envolvió de nuevo.

Sentí mareo ante el recuerdo de la violencia de las olas contra las rocas y de mi proximidad al barranco.

Tenía una sensación malsana, como un mal presagio que no alcanzaba a comprender. Y de alguna manera alejaba poco a poco mis sentimientos más puros hacia aquella mujer, cuestión que me resultaba de todo punto inexplicable, pues no era mi voluntad la que ordenaba semejante retirada.

Traté de razonar que solo había sido una pesadilla en vez de un buen sueño, como eran aquellos en que ella aparecía. Pero la presencia de ella me impedía desechar del todo aquel suceso extraño. ¿Y si ella estaba en peligro? ¿Significaba eso el sueño? Su alma dominaba mi alma y era superior a mí. Y no fui consciente de que, al hacer esta afirmación, había quedado enredado ya para siempre en aquella sucesión de extraños, deliciosos y terribles sueños. Había bebido el terrible veneno que ella significaba para mi alma. Pues por mi parte estaba dispuesto a acudir en su ayuda si esto era así. Y que inextricablemente, mi destino se había sellado en otro mundo. Uno que ya no era este.

En ese momento caí en la cuenta de que los instintos y los sentidos son como la raíz y la tierra que la alimenta, y esta estrecha unión los hace más poderosos que la razón. Y que ésta se encuentra perdida ante enemigos tan formidables.

Otro yo arañaba. Rastreaba unas huellas que ya habían desaparecido en el aire y que solo estaban impresas en mi pobre memoria. Desconocía todo acerca de quién era yo mismo en aquellos terribles momentos. Repasé todos los sueños mentalmente y me quedé asombrado. Aquella misteriosa mujer me estaba incendiando. Libido, corazón, mente, cuerpo, alma, nada escapaba a su hechizo, todo le pertenecía. Me encontraba enredado en un laberinto emocional del que no podía escapar en modo alguno.

Pasados unos días, tomé la costumbre de frecuentar la soledad como compañera inseparable de mis paseos.

Envuelto en una misteriosa melancolía que guardaba celosamente con agrado, intentaba hallar una puerta, una calle, una escalera que pudiese reconocer, agarrarme a un objeto que me devolviese inmediatamente a aquellos amados y extraños mundos.

Empecé a aficionarme a la absenta, bebiéndola con regularidad; me recordaba la bebida del café, tanto por su color como por su sabor. Podía cerrar los ojos y dirigirme mentalmente a aquél lugar, pero no podía entrar.

Todo cuanto me irritaba aumentaba de forma considerable el desorden de mis ideas, devolviéndome una y otra vez al estado de agitación y furor. La bebida me agitaba, y he de reconocer con vergüenza que me abandoné a los excesos, a su compañía solitaria, que influyeron profundísimamente en el curso de mi enfermedad, agitando aún más mi cabeza.

La música, que nunca había sido un arte de mi interés, me resultaba necesaria ahora. Me aficioné particularmente a la música de piano. Busqué, con esperanza y ahínco, la canción que ella interpretaba creyendo que podría encontrarla. Y aquí fui menos afortunado.

No conocía el título y la iba tarareando como un bobo. Y todo lo creía para, desde la fe misma, mirar con otros ojos todas las cosas. Tal era mi credo en aquel mundo etéreo, que estaba convencido de que tenía que aparecer por algún sitio, pues era seguro que debía existir una entrada, ya que existía en sí mismo y no me resignaba a vivir en este mundo réprobo, grosero, amorfo y cruel en el que a todos nos ha tocado vivir.

No concebía otra belleza que aquella belleza, que era como la poesía de la vida. Tan intangible y etérea. Tan inalcanzable como la santidad, o las estrellas.

En momentos de desesperación me sumía en el llanto, vencido veía que todos mis esfuerzos estaban destinados al fracaso y en esos instantes lo sabía bien.

Pedí permiso al señor Whattesse para ausentarme unos días del trabajo de la Biblioteca con la excusa de que me encontraba cansado y necesitaba unas pequeñas vacaciones. La verdad es que no podía concentrarme, no podía liberar mi atención para proyectarla sobre otra cosa.

Me encontré renunciando a todo, a todo en pos de aquella mujer. Todo me resultaba prescindible por estar en los brazos de una mujer como ella, fascinante, tan maravillosa. Cada día intentaba dormir más y más. Pero no tenía éxito en alcanzar aquél sueño.

Así transcurrieron tres o cuatro semanas. Me resultaba difícil en mi estado precisar el tiempo.

…Y una noche, ella volvió…

Fui plenamente consciente, dentro del propio sueño, de que no quería despertarme ya nunca más. Un pensamiento que resplandeció en el filo de una locura, exacta y precisa.

Una consciencia plena de mi voluntad, ordenándome, exigiéndome no despertar.

Como un fuego en la oscuridad venido de otros mundos.

Desde la calle subimos al primer piso. Abrió la puerta de su casa y me invitó a entrar.

Desde el vestíbulo pude apreciar una gran cantidad de cuadros que estaban dispuestos a lo largo de la pared a distintas alturas. Todos eran lienzos al óleo, enmarcados con gusto, que trataban exclusivamente un solo tema: todos representaban rostros de hombres. Cabeza y hombros. En distintos estilos, diferentes modelos y, pensé, diferentes autores.

Al fondo del salón se encontraba un piano de madera de palisandro indio, reluciente, muy decorativa. La elección de los muebles me pareció un tanto caprichosa, pero todos los objetos eran admirables de por sí, pues ninguno carecía de alguna virtud relevante. En esta habitación de la casa, las paredes seguían estando decoradas con cuadros que repetían el mismo tema que ya se iniciara en el vestíbulo: *únicamente* hombres.

Me pidió el abrigo y me invitó a sentarme. Me ofreció una taza de té y ella se sentó al piano para interpretar su canción. El juego de té era de una cerámica azul, y el té era excesivamente dulce para mi gusto, pero no dije nada. Seguí escuchando la melodía hasta que acabó. Aplaudí con entusiasmo.

Cuando terminó la canción yo estaba sudoroso, excitado. Me sentía preso de una enorme sensación de fatiga.

Se sentó a mi lado y le pregunté su nombre.

—Beretricce —me dijo.

Todo en aquel piso tenía un aire antiguo, un olor a tiempos pasados. La casa irradiaba una rara atmósfera de desolado brillo. Flores, cuadros, tantos cuadros, libros viejos, muebles añosos y varios gatos.

Distraídamente conté cerca de una docena. De todos los colores y tamaños. Algunos con aspecto callejero. Otros parecían de alguna raza exótica y desconocida para mí, debido a su gran tamaño y escasez de pelo. La característica que tenían todos ellos en común eran unas orejas desusadamente largas que se levantaban como una montaña para luego, a la mitad del apéndice, girar bruscamente y apuntar al suelo, terminando sus bordes en un curioso circulo de pelo más largo y duro. Todos estaban sentados. Ordenados de alguna forma. Se acercaron a la mujer y la rodearon por completo. Frotando el lomo contra sus tobillos y poniéndose a dos patas. Producían un ronroneo que se mantenía en su intensidad, como si fuera el rugido sereno, poético y casi apagado del océano. Recordé aquel amable gato que la acompañaba en nuestro paseo por el jardín. También de una forma fugaz, al del acantilado.

Nos sentamos en el espacioso salón, en amplias y cómodas butacas y tomamos otra taza de té.

Me repitió su nombre, sin sonido, moviendo *únicamente* los labios: Beretricce.

Expresó tiernamente que era enteramente feliz en aquel sitio, su preferido sobre cualquier otro, rodeada de todas aquellas cosas tan queridas para ella, pues afirmó que no imaginaba vivir sin ellas. Le dije mi nombre y le confesé que yo también era muy feliz allí. Que aquél momento era el momento, y que no deseaba otro. Y que no quería despertar y perderla de nuevo. Que había hecho un firme propósito en este aspecto. Que la necesitaba. Que la amaba. Que la anhelaba.

Me miraba con absoluta atención. Parpadeando lentamente. Con una secuencia de movimientos muy lentos. Y no parecía comprender lo que le estaba diciendo.

Quizás —pensé— estoy tan acalorado que posiblemente hablo demasiado rápido y de una forma tan vehemente a la que ella no está acostumbrada. Pero, por otro lado, un escalofrió de terror me recorrió la espalda, pensando que yo mismo me había evaporado y ya no estaba allí.

Rápidamente recobré el ánimo y me aferré a la esperanza de que alguna cosa hubiera distraído su atención por unos momentos. Proseguí por tanto mi conversación como si nada hubiera sucedido.

—Beretricce —me susurró—, ese es mi nombre. Mientras, una oleada de su perfume me embriagaba aún más.

Sin mediar palabra rodeó mi cuello con sus brazos.

Sentía genuino fuego en mis venas.

—Bésame, bésame … bésame, no deseo pensar.

No sé si me lo dijo o yo lo adiviné en su expresión.

Ella entreabrió los labios y sujetándome la cabeza con fuerza puso sus labios, húmedos, cálidos, y los paso sobre los míos, muy despacio, impregnándolos de su aliento. Después, poco a poco, los apretó contra mi boca como el gramo de locura necesario para hacerme perder totalmente la razón.

Besé su cuello, mientras ella gemía y su perfume entraba en oleadas más y más profundas y violentas en mí, haciéndome que no pudiera parar, detenerme, pensar… Vi mi rostro frente a lo que me pareció un espejo enmarcado en madera dorada, y pensé en los otros retratos de hombres que adornaban toda la casa. Pero no podía pensar.

Cogió mi mano y me llevó hasta un lecho con sábanas blancas y un bonito dosel, en la habitación contigua. Allí mismo consumé el amor que sentía por ella en su cuerpo. Con un apetito feroz, sobre su piel delicada y seductora. La amargura de mi dolor se había desvanecido, los ojos se me llenaban de lágrimas. Ella estaba entre mis brazos, ante mi rostro tenía sus rizos morenos, ante mí sus labios, los blandos y húmedos labios de ella, y rodeábamos nuestros cuerpos con nuestros brazos.

Después de la pasión necesitaba seguir hablando, así que, con la respiración entrecortada, le expuse mi fortísima necesidad enfebrecida de que estuviéramos siempre juntos, que fuéramos inseparables, y le prometí, con una plena devoción amorosa cercana al delirio de un adicto, que seríamos muy muy felices, sin saber que significaba aquella pretendida felicidad y que no necesitábamos nada más, que el mundo me estorbaba teniéndola en mis brazos.

Estábamos aferrados el uno al otro, como dos críos en la oscuridad, cuando sienten la angustia de que un incierto destino los aguarda inexorable y cualquier día los atrapará. Nos manteníamos unidos con toda la desesperación de quienes están a punto de morir. Teníamos la impresión de ir sumergiéndonos en esa llama eterna de la nada que sucede al breve día de la vida. Nuestras almas eran demasiado débiles para continuar unidas con fuerza en aquel lugar y conscientes del poco tiempo que el despertar de aquel ardiente sueño aguardaría, de cuánto tardaría en arrebatarnos ese delicioso hogar que protegía el frágil fuego de nuestros espíritus, sabedores de que la vida, esta vida, ha de ser breve, no importa lo que dure, porque todo lo que tiene un final es breve. Era como si, con los brazos entrelazados, no quisiéramos soltarnos, como si juntásemos los labios y temiéramos separarlos, y que algo se interpusiese entre ellos, como si no desearan nada más para tener plena consciencia a cada momento de que nos hallábamos extremadamente vivos, vivos al menos en ese indudable momento del ahora, sin importarnos el tiempo que nos quedaba por delante.

—¿De verdad quieres venir conmigo? —dijo en un tono suave, susurrante, mientras sonreía—. Es peligroso que estés aquí…

Mi mente vagaba a tientas entre la niebla del deseo … otra vez Beretricce, otra vez … yo no escuchaba.

Conforme avanzaban los minutos, un fogonazo en el pensamiento se me hizo presente y se expandió en todo mi ser. ¡La amaba!¡Aún más! y la deseaba !Aún más! que a nada. Más que a nada que yo hubiera conocido nunca.

Me estremecí de la cabeza a los pies, de una forma excepcional, manifestando el pensamiento de un principiante de que se pudiera temblar así, en la forma en que lo estaba haciendo.

—Bésame otra vez —me pidió.

Y me ofreció de nuevo su boca, húmeda y rosada, casi infantil, entrecerrando los ojos. Aleteando las pestañas con un movimiento mágico de alas de hada, aguardando el placer de un deseo presto a consumarse.

Y la noche se convirtió en una larga batalla para apagar un deseo que surgía sin cesar, más intenso después de cada vez. Una y otra vez intentaba aplacar aquella sed acudiendo a las fuentes de mi consciencia, pero era una pulsión irrefrenable que me arrastraba a las puertas de la locura.

La rodeé con mis brazos, aferrándome a ella, negándome a soltarla, a dejarla ir. Pues el temor, ese monstruo de grandes y afiladas garras, permanecía a mi lado sin abandonarme un instante.

Una noche de amor no era néctar suficiente para mí. Cada oleada me volvía más poderoso, más audaz.

En ese momento abrí los ojos y vi que Beretricce tenía la cara un poco pálida, los ojos, antes tan llenos de vida, ahora profundamente hundidos en las cuencas, su rostro perfilaba como en un trasluz la fantasmal figura de una calavera. Me encontraba fatigado por los abrazos de la noche. Confuso y aturdido. Pero, no obstante, sentí fluir el miedo a través de todo mi cuerpo, el suyo se puso en tensión, frío, como si fuera de hielo y después pareció empezar a disolverse y hacerse humo, muy despacio, de manera casi imperceptible, como un símbolo vivo de lo efímero, hasta elevarse a las esquinas del techo y… ¡desaparecer!

Sumergido en una ola de espanto inenarrable me percaté de un hecho curioso al que en principio no presté más atención.

Silenciosamente, los gatos iniciaron una maniobra de aproximación hacia mí, siguiendo una estrategia diferente cada uno de ellos, hasta situarse en el hueco de la sábana que ella ocupaba, poniendo en marcha una disimulada artimaña.

Aparentemente felices y tranquilos, iniciaron de nuevo el ronroneo perturbándome aquel momento de extrañeza. Todos tenían más o menos un tamaño normal excepto uno. Este aguardaba sentado en el suelo. Fue el que nos acompañó en nuestra pequeña excursión y que luego se acicalaba tranquilamente bajo la tormenta. Fijándome más detenidamente en él, observé que se parecía a un gato, pero era bastante más grande, doblando el tamaño de uno normal, era robusto, su cabeza era grande y no tenía el apéndice caudal. Se aproximó a mí lado y volvió a sentarse a escasa distancia de la cama. De su cuello colgaba un nombre: Onkalos.

Cuando dije su nombre en voz alta, la lengua del felino produjo un chasquido contra el paladar, como el chapoteo de una piedra al caer en el agua.

Miré fijamente a aquél gato. Sentí celos de él. Terribles. Y supe en lo más hondo de mí mismo que aquél felino nunca sería mi amigo. Observé su cara ancha y excesivamente plana, con abundante pelaje, demasiado largo e hirsuto para un gato doméstico. La cabeza era maciza y redonda, coronada por dos orejas enormes, altas y enhiestas, el hocico corto y el mentón muy duro, los dientes parecían muy fuertes y eran de color amarillo. Sus caninos sobresalían levemente sobre la parte inferior de su labio teniendo la boca cerrada. Luego me llamaron la atención sus uñas, negras, puntiagudas, como las garras de un águila. Sus patas traseras eran mucho más fuertes y largas que las delanteras, haciendo que la curvatura del lomo estuviera considerablemente más alta que la cabeza. Sus ojos eran almendrados, bien separados, grandes, redondos, de color cúrcuma, intenso y brillante, del tono de un sol viejo. Despedían un brillo especial que destacaba una inteligencia más allá del instinto de un animal corriente y que se movían astutamente en su expresión .

De suyo parecía tener un carácter agradable y tranquilo, pero algo en su forma de mirarme, fijamente desde el lugar donde había estado ella, me hizo desconfiar de él desde el primer momento.

Habría jurado que se trataba del líder de aquella manada de gatos. Todos le miraban atentamente, como si esperasen algo, una indicación, una señal por leve que fuera tal vez. Seguían dividiendo el espacio entre la cama y yo e, inexplicablemente, aumentaban ese espacio entre los dos.

A pesar de la molestia de haberme sentido poco a poco cada vez más solo, hice acopio de paciencia mostrando una educación y unos modales a la altura de aquel momento, recordando la felicidad del momento anterior y el respeto que debía a su dueña. Y con toda la delicadeza que fui capaz de reunir, me puse a apartarlos para aferrarme más al lugar. Entonces sucedió un fenómeno extraño. En la medida en que apartaba los gatos, cada vez había más gatos a mi alrededor. Se estaban multiplicando de alguna forma. Parecían surgir de la nada. Poco a poco edificaron un muro insalvable que me rodeaba. Desperté jadeando y moviendo los brazos en todas las direcciones. Manoteando el aire. Sudoroso y pálido. Respiraba como si hubiera corrido kilómetros y estuviera sin aliento. Mareado y febril.

No entendía el giro que habían tomado los acontecimientos. Un cambio notable se operó en mí. Una especie de sexto sentido comandaba voluntariamente aquél manojo de acciones tan irracionales como imprevisibles. Ahora me preocupaba más la actitud de los gatos en aquél momento que el hecho de haberme despertado habiéndola perdido y, curiosamente, no sentía aquél vacío en el corazón. Aún podía percibir el olor dulzón y el calor animal de aquella pared de pelo y ojos. En el fondo confieso que llegué a asustarme un poco.

Al día siguiente seguía enfrascado en el sueño. Intentaba recordar las palabras de Beretricce. Pero lo primero que acudió a mi memoria fue su bonito juego de té de porcelana. Al contrario que la porcelana, no podía recordar los retratos de los rostros de los hombres que, en gran número, colgaban de las paredes de su casa, ni la escalera, ni las habitaciones, ¡ni a ella!

Incluso el aspecto de los gatos permanecía levemente en mi memoria. El olor dulzón, esa fuerte sensación al despertarme, se había diluido hasta ser un instante insignificante, un fantasma de un cercano pasado.

El amor ardiente y apasionado que había llegado a sentir por ella, y que me pareció algo sin lo cual yo no podía vivir, también había empezado a diluirse poco a poco, como un terrón de azúcar en un vaso de agua. Sentí que la pasión me dejaba. Y así como antes no podía en forma alguna ignorarla, ahora se escapaba sin que pudiera hacer nada por retenerla. ¡En contra de mi voluntad! pues era de asombrar mi falta de reacción ante estos hechos sorprendentes. Como siempre, la falta de explicación a todo ello empezó a ser una constante muy familiar para mí.

Yo creía que la amaba, pero quizás no era cierto. Estaba seguro, pero no era así ahora. El único sentimiento que se abría con paso decidido era el de que había sido una marioneta en manos desconocidas. Sentía vergüenza. Había actuado como un paranoico.

Ahora, la dejaba ir sin importarme nada. Sin mover un solo músculo. Como si fuese una extraña. Sin intentar mantener el vínculo del sueño, ¡todo aquello que había sentido!

Es posible, me dije, que todo haya sido como dice el adagio, que el hastío siga al deseo como el otoño al verano.

Estaba tan cansado.

Todo se había convertido en un rompecabezas y necesitaba ordenarlo de nuevo. Obra gigantesca y fuera de mis fuerzas. Después de un par de semanas me encontraba en el mismo punto, sólo, con una sensación de vacío, de engaño y de absurdo.

Aun así, después de todo lo que había sucedido y me estaba sucediendo, la echaba de menos, pero no lo sentía con aquella necesidad, aquél inquebrantable afán, aquella búsqueda infatigable.

Recordaba aquella luz suya, más propia de hadas que de humanos. La imagen física que guardaba de ella era un borrón lleno de intenciones más que una efigie fiel. Todo parecía acabado.

Pero increíblemente, de mí seguía sin partir ninguna reacción. Parecía que había dejado de estar vivo.

No fui consciente de los momentos de terror que había sufrido en aquél forzoso despertar, no pude calcular, como suele suceder, ese clímax que puede vaciarte de sentimientos y hacerte perder todos los sentidos.

Luego todo empezó, pero yo no sabía lo que estaba a punto de sucederme. El horror se manifestó claramente a partir de ese momento, lentamente, igual que las sombras siguen al crepúsculo, de forma calculada.

En primer lugar, el señor Wathesse me pidió educadamente, con un semblante muy serio, que no acudiese más a la Biblioteca. Pues mi trabajo había empeorado cualitativamente, resultaba confuso y no le pareció adecuado a las necesidades y al nivel de la institución. Se quejó de mi aspecto y de otros cambios que no me molesté en escuchar. Me puso en la calle sin más.

Al día siguiente, como si de una conspiración se tratara, mi casero me informó de que disponía de dos días para abandonar mi casa, ya que cumplía el plazo del contrato de arrendamiento y no estaba dispuesto a renovarlo.

Me resultó un gran problema encontrar una casa en toda la ciudad. Mis amistades me retiraron poco a poco el saludo y los lugares que frecuentaba me impedían la entrada. Todos me trataban como si estuviera maldito. Y se apartaban a mi paso cambiando de acera o de dirección.

¡Hipócritas y cínicos! No conozco a ese dios vuestro que practicáis en vuestro miedo, ¡os desprecio!, pueblo de ignorantes, fanáticos de la fe, que en todo veían el mal. Yo nunca profesé una fe determinada, y aunque en principio fue tolerado, siempre fue una carga en el trato social. Tampoco me perdonaron mis frecuentes excursiones más allá de las montañas, donde encontré buenas gentes y pueblos felices, ninguno de ellos tan oscuro como este en el que vivo.

Pero mis preocupaciones duraron poco.

El sueño volvió. Se destacó de entre un nutrido grupo de otros, que nada tenían que ver, como si se hubiese solapado accidentalmente o de forma maquiavélica se hubiese disfrazado para llegar hasta mí.

Estaba subiendo una escalera con peldaños de piedra, muy gastados por el tiempo. Y me detuve en uno de los rellanos, con baldosines rojizos y decolorados, bajo un artesonado de madera antiguo, rugoso, que formaba un complicado dibujo geométrico, frente a una puerta sólida y reforzada con clavos muy grandes. Hice sonar una campana. Unos pasos casi silenciosos se escucharon al otro lado. ¡Y su mirada abrió la puerta!

Se trataba de Beretricce.

La sonrisa incipiente, inesperada, colgando de las pestañas. Una infinidad de velas detrás de ella, con llamas oscilantes, dibujaban sombras en las paredes, y hacían que sus contornos, sobre todo sus bucles, negros y azulados por la luz, se desdibujaran con facilidad. Me dijo algo. Pero no pude escucharlo.

El ruido de un ronroneo creciente me lo impidió. Empezó a moverse a mi alrededor hasta situarse en mi hombro derecho, como un pájaro, junto al oído. El olor dulzón del pelo de un gato me resultaba claramente perceptible. Después aparecieron los ojos redondos y aquella expresión de firmeza, de rechazo salvaje, de marido celoso.

Ronroneaba y me miraba fijamente a los ojos. Podía ver unas luces diminutas en el fondo de su iris. Era el odio tomando forma en aquél animal.

Una oleada de terror me invadió desde los pies a la cabeza, erizando todo el vello de mi cuerpo. Se fue haciendo un extraño silencio en mi entorno, de improviso. Denso como un muro. Un abismo. A partir de ahí, una vibración parecida a un jadeo, que poco a poco pasaba al ruido de una respiración asmática, el ronroneo crecía y crecía, hasta convertirse en un ruido atronador y desagradable. En un millón de ronroneos. Ensordecedores.

Me desperté. En ese momento no podía ver ya los ojos de Beretricce, sino los del gato. Era como si me los hubieran esculpido en la cabeza, ocupaban toda mi mente, haciéndola suya.

La pérdida de un sentimiento claro hacia ella, ese alejamiento que desde alguna parte de mí me empujaba a huir y el miedo que acababa de sentir, terminaron desvinculándome absolutamente del sueño. Todo parecía una locura. Irreal. Esos sueños me parecieron ahora carentes de sentido, absurdos y presuntuosos. Y sentí un fuerte sonrojo de cómo había reaccionado ante todo aquello.

Miré el reloj. Hacía poco más de media hora que me había metido en la cama. Intenté dormir de nuevo. Como si fuera la última cosa que quisiera hacer en el mundo. Fue inútil. Casi de madrugada conseguí una pequeña duermevela. Nada más.

Al día siguiente me encontraba muy fatigado. Todo mi cuerpo pesaba demasiado y mis reflejos ordinarios habían desaparecido.

Estuve un buen rato pensando qué hacer, pero sin éxito. Tome la decisión de salir a dar un paseo. Algo de ejercicio seguramente me ayudaría a conciliar el sueño. Caminé varias horas seguidas. Visite un parque cercano y estuve yendo y viniendo sin rumbo por las calles.

Degusté un chocolate en un sitio habitual. Volví a casa y tomé un vaso de leche caliente. Me acosté en la cama y cerré los ojos. Me envolvía una sensación cálida y agradable. Empecé a conciliar el sueño escuchando el sonido pesado de mi respiración.

Como un ronquido suave, el ronroneo pareció encajarse entre dos respiraciones. No estaba profundamente dormido y podía escucharlo como si estuviera pegado a mi cara. Y entonces oía un nuevo ronroneo, y otro, y otro…*¡Y OTRO! ¡Y OTRO! ¡Y OTRO!* … Abrí los ojos aterrizando suavemente en mi cama. Me incorporé y guardé silencio.

No daba crédito a lo que estaba sucediendo.

Busqué el origen en algún ruido del edificio que pudiera confundirme con aquella respiración felina. Nada. No escuchaba nada. Había leído en un libro que, cuando dormimos, un ruido ajeno y exterior provoca un sueño afín al sonido que nuestro oído recoge.

Nada.

Volví a caer en un nuevo sopor. De nuevo el ronroneo me despertó. Sonaba junto a mi oreja derecha. Sonaba una y otra vez hasta que me obligó a levantarme de la cama. Me sentía un poco agitado y algo amedrentado. Esperaba que cualquier sombra a mi alrededor tomase la forma de un gato salvaje y saltara sobre mí.

Pasaron un par de días con el mismo resultado cada vez que intentaba dormir. El susurro amenazante volvía de nuevo. Empecé a perder peso de una forma preocupante.

Al cabo de unos días me escuché murmurando algo que no lograba entender. Estaba hablando y no sabía lo que estaba diciendo, como si todo aquello no pasase por mi cabeza. La mente y la lengua se habían disociado. Era como un balbuceo del que no tenía conciencia. Yo mismo era dos personas distintas. Las noches y los días transcurrían lentas y en estado de vela. A pesar de asearme regularmente y de alimentarme bien, mi estado físico era lamentable. La comida me resultaba insulsa, sin sabor, y adelgazaba más y más. Tenía enormes ojeras y los ojos muy irritados, como si granos de arena me arañaran el interior del párpado. Picores continuos que terminaban en un lagrimeo inacabable. Y cansancio. Sobre todo, un indescriptible cansancio. Pensé serenamente en meterme en la cama y no creer que aquello estaba pasando. Pero el recuerdo del gato me hizo dar un respingo, para inmediatamente desechar la idea.

Vi el día color naranja a través de las cortinas de la habitación. Rebotaba en el empedrado de la calle, en las cristaleras de las tiendas, en las fachadas de los edificios. Entonces, sin saberlo, empecé a subir por la escala de los especialistas, de los informes, de los diagnósticos personales. Me dijeron que sólo era un sueño, y que yo estaba perfectamente. Que no debía preocuparme.

Ya no quedaba en mi interior el menor sentimiento hacia Beretricce. Y no sentía nada. Recordaba mi deseo por ella como algo lejano, como una vida pasada, fuera del presente. Ahora solo deseaba escapar de aquel tiempo.

Uno de los médicos me habló del significado del sueño como una posible obsesión profunda. Me había enamorado de una mujer dentro de un sueño.

—Esa mujer no existe —me dijo, mientras exhalaba el humo gris de su cachimba, con la mirada ausente, como si el asunto careciera de su interés y no estuviera dispuesto a estudiarlo más a fondo.

Me habló acerca del matrimonio y de lo conveniente que cada edad requiere. Intentó hacerme ver la diferencia entre lo que queremos y lo que necesitamos. Me propuso la idea de buscar una mujer con la que forjar planes para un futuro. Quizá había trabajado demasiado y necesitaba unas vacaciones. Viajar un poco tampoco era una mala idea. Quizá había estado demasiado solo en aquel apartamento del que apenas salía, si no era para trabajar. Mi talante un poco melancólico tampoco parecía ayudar.

En cuanto al gato, no le concedió ninguna importancia.

Me preguntó acerca de si me gustaban los animales.

—Por supuesto que no —le respondí—. No los rechazo, pero tampoco tendría un gato o un perro, ni tan siquiera un pájaro o una tortuga.

Descanso y tranquilidad para los nervios. Pero todo siguió empeorando.

El gato no me dejaba dormir pese a mi cansancio extremo. Me despertaba una y otra vez.

Escuchaba ruidos absurdos, y comencé a tener cierto tipo de alucinaciones cuando miraba algún objeto o caminaba por la calle. Las personas se alargaban ilimitadamente o los edificios me parecían demasiado pequeños. El cristal de un vaso cobraba de pronto una luz azulada, y poco a poco se iluminaba como un farol. Caminaba con una fuerte sensación de ir a la deriva, inseguro, como si estuviera a punto de derrumbarme. El suelo se encontraba cada vez más lejos de mí. Con la cabeza inclinada y los brazos inertes a lo largo del cuerpo, como dos sacos de arena, arrastraba ruidosamente los pies al caminar y las piernas me pesaban como si estuviera andando sobre un lodazal de fango. Empecé a convertirme casi en una sombra.

Las ideas acudían a mi mente de una manera muy lenta, torpe y desordenada. Alarmantemente empecé a perder la memoria. No podía recordar cosas cotidianas y frecuentes.

Comencé a sufrir una especie nueva de percepciones que no alcanzaba a explicarme. Veía y escuchaba cosas que no estaban allí. La línea de la cordura empezó a difuminarse. A perderse. Se me aparecían todos los detalles al mismo tiempo en mi cabeza, tan mezclados, que cuanto más los observaba menos seguro estaba de cómo eran en realidad, y solo podía testimoniar, de una manera mecánica, el efecto que esa percepción provocaba en mí: un efecto de fascinación, pero con una inquietante quietud, como si fueran unas viejas fotos. Y me asusté. Entonces el mundo sólido se elevó como un soplo. En un solo segundo. Y desapareció.

No me explicaron cómo llegué al hospital, seguramente alguien me ayudó. El doctor, me dijo que era urgente que alcanzase una profundidad mantenida en el sueño que me permitiese regular convenientemente mis funciones diarias básicas, tales como comer, poder trabajar y dormir de una manera continuada. Sobre todo dormir.

Mi estado se había vuelto crítico.

Al principio me prescribieron un tratamiento habitual y no sirvió de nada. Hasta que decidieron darme un fuerte somnífero, con el que me garantizaron que dormiría profundamente y descansaría sin ningún tipo de interrupción.

Trajeron la droga en una jeringuilla. A través del cristal tenía un color lechoso y aséptico. Me la inyectaron y me pidieron que estuviera lo más relajado posible. Me dijeron que era un narcótico muy fuerte, pero que no me preocupara. La primera sensación fue la de que no podía distinguir donde empezaba y donde terminaba mi cuerpo. Era como si formase un todo con la cama. Recorrí un largo trayecto por blancos pasillos sin fin, adornados con unos apliques que proyectaban luces de colores que simulaban las vidrieras de las catedrales antiguas. Luego vi una bandada de gorriones surcar el espacio, ascendiendo rápidamente contra un cielo azul cobalto. Unas montañas grises frenaban en seco el paisaje, anulando cualquier posibilidad de ir más allá. Un río discurría tranquilo por unas orillas llenas de matorrales duros y tallos de hierba altos. Un alcornoque se mecía al ritmo de la brisa. Los pinos se alzaban sobre unas lomas, pintadas con diferentes colores. Más lejos, ondulantes, había unas colinas pobladas de acacias y alcornoques. El zumbido del viento me resultaba agradable y beneficioso, un viento fresco que me resultaba como una caricia.

Había una casa grande de labranza bastante lejos de mí. Tenía una gran torre cuadrada, con aspecto de fortaleza o de antigua abadía, clavada en medio del cuerpo del edificio, como un monolito que hubiera descendido de las alturas. En lo más alto de su picudo techo lucía una veleta. Era un perro de metal corriendo en la dirección que indicaba la flecha. Le habían disparado una perdigonada en la cabeza, abriéndole una docena de agujeros, y la brisa producía un tétrico sonido al pasar por ellos.

Pero me sentía muy bien en aquél lugar. Era como estar flotando en un océano de aguas tibias. Cada vez respiraba mejor. Me sentía más vivo. El viento limpio y suave removía mi pelo. Notaba una frescura desconocida correr por mis venas.

Y una caricia leve y cálida en el rostro. Al principio creí que era la brisa con un rayo de sol dentro. Luego un cosquilleo se extendió a todo mi cuerpo. Me sobresaltó escuchar un ronroneo cerca de mí, ascendiendo lentamente hacia el oído, como si subiese del centro mismo de la tierra. Con un sobresalto, miré y no vi gato alguno.

Entré en la casa, donde todo eran ruinas y deterioro. Los techos habían caído al suelo, las paredes se habían cubierto de grietas. Al fondo del corredor vi una escalera que descendía a lo que parecía ser un sótano. Puse mi mano temblorosa sobre el pasamanos de hierro y descendí a la oscuridad. Avanzando a tientas, tropecé y caí al suelo. Los brazos y las piernas no me respondían y no podía levantarme.

Me encontraba en un lugar muy húmedo y deteriorado, la atmósfera era mefítica, irrespirable, pesada como la mano de un gigante sobre el pecho que no me dejaba respirar. Cerca de mí podía distinguir, pese a la poca luz, unas formas que se me antojaron columnas grandes y redondas. De ellas colgaban grandes aros de hierro y bastantes cadenas sujetas a la pared. Los muros de aquel lugar, a pesar de la negrura que me rodeaba, se me antojaban extremadamente sólidos y antiguos. También vi instrumentos de hierro con extrañas e inquietantes formas. Todo aquello formaba un completo arsenal de tortura. Entonces abrí los ojos dentro de mí. Fue como despertarme dentro del sueño.

Entre la oscuridad, las formas no estaban bien definidas, eran imprecisas, porque los ojos todavía no se habían habituado a la negrura. Me encontraba desagradablemente desnudo, tumbado a lo largo de lo que parecía una gigantesca piedra circular, similar a una plataforma o a un altar antiguo. Unas cadenas frías, pesadas y húmedas me sujetaban las manos y los pies en el suelo en forma de aspa. La piedra áspera y rugosa me arañaba la piel. El olor rancio y espeso subió por mi nariz con la fuerza de un puñetazo, haciendo que irremediablemente vomitase sobre mi hombro. Me consumía una sed abrasadora. La oscuridad era muy densa todavía, pero se iba aclarando paulatinamente, poco a poco. Pude apreciar ahora, excavados en los mismos muros, una especie de nichos o aperturas que me hicieron estremecer con un escalofrío.

Lo desordenado de mi imaginación luchaba por saber dónde me hallaba, empujándome a un horror irracional ante cualquier cosa.

Con esfuerzo, entreví entonces una figura sentada al fondo de la estancia con la cabeza inclinada sobre el pecho. De ella se desprendía un ruido sordo y seco, como si alguien estuviera raspando una madera. Los ruidos sonaban más altos al chocar con el eco de silencio que cubría todo aquél lugar. Sentí un frío intenso en todo mi cuerpo que me hacía tiritar, y según mis ojos se habituaron a la penumbra, descubrí con horror que la figura sentada era un esqueleto que yacía encadenado a la pared. El cuerpo contorsionado, la mandíbula abierta, los dedos encorvados. Aún conservaba pelo y jirones de carne adheridos. Cerca de él, y desparramados por el suelo, había más cráneos y más huesos en tenebroso desorden.

El temor me hizo estremecer. ¡Estaba prisionero en una mazmorra!

Junto a él había algo en el suelo que se movía con rapidez y que captó mi atención. Entonces lo vi. Era un gato royendo uno de los huesos del encadenado. La negrura de las tinieblas del temor me sobrevino, y en mi mente se filtró la idea de la muerte.

Aquellos ojos maliciosos, casi orientales y amarillos, se fijaron en mí. Y se relamió el hocico con violencia. Sentado sobre sus cuartos traseros emitió un gañido estremecedor, salvaje, que rebotó por toda la mazmorra, como si no pudiera salir de ella. Por los nichos excavados en la pared empezaron a surgir incontables miríadas de gatos. Sucios, de pelaje maloliente. Se sentaron a mi alrededor e iniciaron un especie de llanto, nerviosos, cientos de ojos voraces, atraídos por el olor de la carne, relamiéndose, sin prisa. Cuando cesaron los gañidos, abrieron a mi derecha en organizado silencio, un perfecto y estrecho pasillo. Percibí entonces un olor familiar. Mi cuerpo entero estaba bañado en abundante sudor y casi no podía respirar. Vi, en aquella penumbra, que para mí era ya tan clara como la luz del día, los ojos redondos color cúrcuma y el pelo redondo del cuerpo del gato recién llegado. Era Onkalo. Sus ojos refulgían como si un fuego interior derramara vigorosas llamas por sus cuencas. Sus fauces se abrieron con terrible exageración, como si estuvieran distorsionadas. Me miró directamente a los ojos, y podría jurar que sonreía con una gran expresión de firmeza. Sentí un miedo incontenible y seguía luchando por respirar. En ese mismo momento, como un relámpago, recordé que estaba dormido y que todo aquello era un sueño. Solo un sueño. Quería salir, despertar. Pero eso era algo que estaba más allá de mis posibilidades. Ninguna parte del organismo respondía eficazmente a mi voluntad de salir de allí, de abandonar aquél lugar. ¡Quería despertar y no podía! Las cadenas se estiraban más y más impidiéndome cualquier libertad de movimientos. Intenté pensar, decirme a mí mismo que aquello era una fantasía febril y nada más. El ronroneo fue aumentando de volumen hasta sonar dentro de mi cabeza con la fuerza de un enorme martillo golpeándome. Hiriéndome. Y grité. No sirvió para nada. Mi cuerpo parecía formar parte de la piedra a la que me encontraba encadenado. Onkalo se acercó a mi rostro y entonces bufó agresivamente, arqueando su cuerpo, echándolo hacia atrás, con las patas delanteras dispuestas para el salto, su pelaje erizado, arrugando su cara en una mueca espantosa, infernal, que ya nunca se podría borrar de mi memoria, echándome su aliento, fétido y desagradable, mientras la espuma le salía por la boca. Detrás de él aparecieron todos los demás. Se acercaron a mí y se dispusieron en mi entorno, más estrechamente, más cerca. Lentamente. Llenando de baba sus garras. Cientos, miles, incontables, me rodearon por completo. También se pusieron a bufar. Encorvados. Furiosos. Preparándose a saltar sobre mí. Sus lomos se erizaron. Los bufidos cambiaron la escala y se convirtieron en gañidos, esa especie de aterrador llanto de criaturas de la noche. Ya todo era locura. Por el largo sufrimiento mis nervios estaban deshechos. Un eco hacía rebotar sus espectrales llantos contra el techo y las paredes, componiendo una sinfonía macabra e insoportable. Aumentando a cada segundo, como si estuviera debajo de una gigantesca campana malignamente diseñada para que no dejara escapar un solo sonido. Otra oleada de aire dulzón de pelo de gato penetró hasta el interior más profundo de los pulmones y empezó a arrebatarme el poco aire que aún me quedaba, ahogándome. Quería despertarme a toda costa. ¡Necesitaba urgentemente despertar! ¡Quería despertar como fuese! Pero todo esfuerzo me resultaba inútil. Tenía los músculos bloqueados, paralizados, mi mente no tenía ningún control sobre ellos. Y los pulmones a punto de reventar por el esfuerzo, por el grito descomunal que nadie escuchaba en aquella soledad abismal.

Grité y chillé. Una, otra y otra vez. Fruto de la más tremenda desesperación. En un descontrolado alarido que subía de mis entrañas, producto de aquella pesadilla, un rugido que ni tan siquiera me pareció que yo hubiera sido capaz de emitir, un grito inhumano. Mi cordura iba a la deriva absoluta, vagando de forma irracional, naufragando por momentos en el negro y proceloso mar del hundimiento natural de la conducta de la víctima que ha perdido todas sus opciones, a la que ya no le queda ninguna salida. Y abandona toda posibilidad de defensa. Es un punto de inflexión, donde ya no se puede pensar, solo se atisban emociones primarias. Solo queda rendirse.

El espanto me cubrió como un sudario. Negro y frio. Me escuché a mí mismo pedir perdón, clemencia, llamar a Beatricce. Pero yo no recuerdo que lo estuviera pensando. Grité su nombre, pero su nombre ahora no significaba nada, era un manojo de flores muertas, sin vida, sepultadas y olvidadas en algún rincón de mí. Todo fue en vano. Nadie vino en mi ayuda.

Los gañidos seguían aumentando hasta el paroxismo. Brutales y ensordecedores.

—*¡Malditos!* —grité—. ¡Yo os maldigo, malditos!

Entonces, obedeciendo a un gesto de Onkalo, oculto, terrible y misterioso, para la acometida general, aquellas criaturas saltaron sobre mí. *¡Todos a la vez!*

Abrí los ojos todo lo que pude, pero seguía dormido. Ahora era el horror, mi horror, quien gritaba. Y lo hacía de manera demencial, más cerca de una bestia que de un hombre, como jamás imaginé que alguien podía hacerlo, tan alto que era imposible imaginarlo sin reservar un ápice de energía. Pero seguía dormido. En silencio. Era el fin.

El dolor me resultó insoportable, atroz, indescriptible. Quedé sepultado bajo millares de caninos curvos como dagas infectas, babeantes, duros como clavos, afilados como cuchillas, hundiéndose una y otra vez por todo mi cuerpo, tiñéndose de sangre. Sentí un millón de sitios a la vez donde hincaron sus afilados colmillos. Las garras fueron abriendo surcos en mi carne violentamente, con la limpieza de un escalpelo, dejando a su paso un corte perfecto y un escozor similar al fuego adornado de terribles hinchazones. Escuché y vi *cómo* Onkalo arrancaba un trozo de la carne de mi rostro y la masticaba, mirándome fijamente con sus ojos centelleantes a la vez que tragaba con avidez. Sabía que estaba vivo y que aún quedaba carne por masticar.

¡Me estaban comiendo vivo con todos mis sentidos despiertos!

Llegado ese momento, tuve la sensación de que todas las partes sensibles de mi organismo huían cada una por su lado, en una manera desordenada e inexpresable. Era lo más parecido a un desmembramiento.

Lo último que recuerdo fue el rechinar de mis propios dientes antes de cruzar el umbral del desvanecimiento, mientras el peso de todos los gatos sobre mí me hundía más y más en un pozo aún más negro y lóbrego. Sin consuelo posible.

Cinco días más tarde, me dijeron que había estado durmiendo. Apaciblemente. Que había sufrido unas extrañas heridas por todo mi cuerpo durante el sueño, debido posiblemente a algún tipo de reacción que ellos no podían explicar, tal vez debido al propio medicamento, tal vez a alguna indisposición nerviosa. En el fondo creían que me las había ocasionado yo mismo. No dejaban de estudiar las uñas de mis manos. No pudieron diagnosticar qué había sucedido exactamente. Por qué había sufrido esas terribles laceraciones durante aquel sueño inducido. Habían aparecido en un momento del tratamiento y en un principio no les dieron importancia. Después, en un examen más severo, comprendieron su gravedad.

El ojo izquierdo había resultado irrecuperable. También estaba seriamente dañado y deformado todo el rostro, su aspecto original resultaba ya irreconocible. Los antebrazos y las manos también habían sufrido lesiones, me habían amputado dos dedos de la mano derecha. Perdí la mayoría de los dedos de los pies y ya nunca pude volver a caminar normalmente. Me preguntaron si recordaba algo del sueño. Me eché a llorar amargamente sin esperanza alguna de ser comprendido. Fue la primera vez que el suicidio cruzó mi pensamiento. Entonces conocí que la muerte no es lo peor que puede sucedernos. Que hay cosas peores y sombríos y difíciles momentos insuperables de miedo, de dolor, de angustia, mucho más allá de toda imaginación posible. Me observaba a ratos, apenas tenía en mi cuerpo una zona que no tuviera uno a más arañazos. Unos pocos, los más superficiales habían cicatrizado en líneas que atravesaban la piel y que eran ostensiblemente más claras que el área circundante. Las más profundas estaban ribeteadas de rojo, o se habían convertido en duras protuberancias de costra.

Me pidieron, ante mi insistencia en que me escucharan, que escribiera en unas hojas de papel lo que me había pasado. Me costó un esfuerzo increíble rememorar todo lo sucedido con el mayor número de detalles. Estaba agotado por el esfuerzo que sentía al haber expuesto a la luz los íntimos rincones del corazón.

—Lo que usted cuenta aquí —me dijo el doctor mirándome fijamente a los ojos— incluye cosas que hubiera sido mejor no expresar, y por esta razón le pido que destruya estas hojas de papel. Quémelas, arrójelas al fuego, hágase un favor y olvídelo. Olvídelo todo.

Bajé la cabeza en un claro gesto de desaliento.

—Porque usted no se cree en serio lo que ha escrito ahí ¿no? —volvió a decirme con semblante excesivamente serio—. ¿Quiere ser tratado como un demente? ¿Recluido en un sanatorio mental? … piénselo… por favor, piénselo.

Balbucee algo, pero no recuerdo exactamente qué.

—Todo eso ha sucedido únicamente en su cabeza, y no debe salir de ahí. ¿Me ha comprendido bien…? Es posible que se trate de una insólita enfermedad psico-sexual que aún no se conoce… y contenga estos efectos… yo no podría afirmarlo. Se levanto de su silla, tras su escritorio, y me golpeó cariñosamente en el hombro, queriéndome elevar el ánimo. Estuvo paseando un rato por la habitación, y entonces se dirigió a mí con una decisión firme. Me propuso probar un medicamento que se encontraba en fase experimental.

No pude responder nada. Pero lo más duro para mí fue comprobar *cómo* evitaban hablar de aquello. Las secuelas del sueño. De los gatos. Nadie quiso volver a hablar de la espantosa deformación de mi cara, ni de las heridas que poblaban todo mi cuerpo. Cicatrices que aún conservo, profundas, como un campo labrado, para que la siempre esquiva memoria no olvide. Tampoco dieron mayor importancia al hecho de que la palabra sueños no era ya sinónimo de fantasía para mí. Formaba ya en mí absoluto convencimiento un mundo más real y temido que el ordinario, al otro lado del velo, en el umbral, delgado y sutil como un aliento y lleno de inenarrables horrores, esperándome cada noche en el umbral donde nace y se transforma toda la realidad conocida en ese abominable vestíbulo, origen de un ciclo interminable de locura. Pero lo único que obtuve por respuesta era un:

—Ahora descanse… a usted le conviene descansar, créame….

Mi cordura nunca les preocupó. Jamás me hicieron caso y nadie quiso mirar los heridas que se habían producido allí dentro. Los comprendo. No lo han sufrido como yo.

Ante esta realidad se sienten desarmados, sin argumentos, sin el suelo bajo los pies. Y ellos, sencillamente, buscan un agujero donde esconder la cabeza. Mirar para otro lado. Sin dar respuestas. Evitando a toda costa que su mundo de derrumbe.

Así que me lo suministran dos veces por semana. El medicamento. Dependo enteramente de él. Me hace entrar y salir del sueño. Me lleva en brazos como a un niño. Nada especial. Me hace sentir todo lo bien que un aislamiento puede hacerte sentir bien. Cierto es que me siento protegido del miedo a no poder despertar y a salvo de Onkalo y de su demoníaca horda en aquella oscura mazmorra.

Nunca debí poner un pie en los umbrales de ese palacio velado de la colina, de los vastos campos sin horizontes ni límites que gobiernan su espacio, misteriosos jardines de Enoch, donde continuamente se libra la batalla entre el hombre y su alma, entre los ángeles de rizos dorados y los demonios oscuros. Un día se avanza, otro se retrocede, manteniéndose ambas fuerzas en un extraño equilibrio. Y a ratos, el sosiego huye veloz y deja paso al desasosiego en su lugar. Pues cada día trae su apetito nuevo y acrecienta el hambre en nosotros, los humanos.

No es menos cierto también que las cosas misteriosas e inexplicables, cuando se torna una práctica habitual, ya no sorprenden tanto, y la repulsión se va perdiendo de alguna forma también inconcebible, así como el miedo.

Así lo he decidido hoy. Poner fin a esta vida y avivar la esperanza en el Cielo de que me proteja de los gatos. Confío en que no puedan seguirme más allá del umbral de la muerte.

Poco a poco he levantado mi ánimo, dándome a escribir este sencillo memorial para explicar mi estado actual. Aquellas hojas que escribí para el doctor, seguí su consejo y las destruí arrojándolas al fuego. Pero no me resultó de ayuda. He continuado una especie de muerte en vida que ya no soporto. El mal existe. A pesar de la continuada batalla contra él, aún no ha sido derrotado. Ahora se han abierto los cerrojos de la puerta que lo contenía y bajo nuevos disfraces las bestias intentan entrar en nuestro mundo. Todas estas bestias están hechas de partes adulteradas de otros animales, por una entidad aún más bestial e incorpórea que las dirige. Me gustaría que se reflexionase convenientemente acerca del siguiente asunto: no hay ninguna superstición, aceptada de forma general, que no posea un fundamento de verdad.

Ahora ha llegado la hora para mí, y no quiero retrasarla más.

Beberé mi láudano a modo de despedida. Digo adiós breves momentos antes del alba, cuando las sombras ya retroceden ligeramente y se reagrupan en los rincones, buscando esconderse de la luz, buscando reponer fuerzas para regresar en forma de enjambre diabólico que intentará ahogar las débiles luces que encuentre a su paso.

Vitus Laggs

9

El cuaderno había sido —y a pesar del tiempo transcurrido lo sigo pensando hoy— el fruto de la experiencia de un explorador enloquecido en la tierra de las quimeras, cuya recompensa se materializó en una serie de horrores que superaban la capacidad de la comprensión humana. Esto, posiblemente, le llevó a desechar el instinto primordial de supervivencia, que tiende a alejarnos de la muerte, para dejar de importarle todo lo que no fuese una huida.

Dos días más tarde de hechos tan luctuosos estaba prevista la inhumación de sus restos mortales. Después de haber leído su manuscrito, consideraba obligada mi asistencia, no solo por sus confidencias, sino también por la necesidad de un amigo que no tuvo y que así me llamó en su carta, recibida con los hechos ya consumados y sin poder hacer nada .

Una de las cosas que no estaban permitidas en la Isla por la fe de la iglesia era que el cadáver de un suicida fuese sepultado en un camposanto propiedad de esta. Así que el enterramiento se llevaría a cabo en el cementerio de Gravellardo, un cementerio para animales y hombres con sus almas abandonadas al infierno.

Me fui caminando hasta el lugar con la idea de que el viento refrescara un poco mis ideas y el estímulo del paseo me ayudara con mis cavilaciones.

El paraje está situado al norte de la ciudad de Verhemem y es más antiguo que la ciudad misma. Tanto es así, que dicen que su génesis se remonta a tres mil años de historia.

El lugar presenta una exclusiva singularidad: es el único cementerio del mundo en el cual las tumbas siguen una línea en espiral. Este extraño camino de enterramientos parte de un deteriorado crómlech que corona una ondulada cima de la montaña. En este mismo lugar inhumaron a sus muertos los antepasados más lejanos de la Isla. Lo utilizaron las diversas tribus y clanes de la región y allí están las tumbas para confirmarlo. En algunos casos una piedra labrada, en otros una pequeña lápida torcida, con los signos borrados por las inclemencias. Con el paso de los días, los tiempos dotaron al cementerio de historias envueltas en un espeso sudario de leyenda y de inverosimilitud, historias fantásticas, cuentos de viejos para contar al amor de la lumbre en las frías noches de invierno.

Es el único cementerio que guarda entre sus muros los túmulos de otras culturas paganas que comparten la tierra con tumbas actuales y otros credos filosóficos más modernos, pero no por ello menos heréticos. Ocupa una extensa meseta que se levanta en mitad de una montaña y la presión circundada de pronunciados terraplenes la encumbran como si elevaran al cielo el palanquín de un rey. Su forma es geométricamente irregular, compuesta de lomas ondulantes como las aguas tranquilas de un estanque imaginario de olas redondas salpicado de pequeños grupos de arbustos altos aquí y allá. La extensión propiamente dicha está llena de una asombrosa malla de caminos que se entrecruzan una y mil veces elevándose y hundiéndose, creando una forma laberíntica que puede engañar el sentido de la orientación del visitante novel. Sobre la puerta principal, a la entrada, hay un arcángel de piedra ennegrecida, con el rostro borrado sobre un bloque de granito cuadrado, en el que está escrito:

"Detente piadoso viajero,
no avances hacia la oscura soledad
que Dios ha abandonado
a su suerte para siempre".

La estatua, erosionada y algo deforme, con la mano extendida quiere frenar la intención del visitante para que no cruce la puerta. Esta imagen representa la única majestad del lugar, vedando con su vuelo imaginario la clara luz de la mañana que se levanta por encima de los muros acompañada de la niebla, paredes de una extensión gigantesca. Su reino son campos cubiertos de piedras con hileras de árboles secos, de piel renegrida. En el interior, una vez traspasado el umbral, reina una sensación de espacio vacío, de silencio y de olvido. El silencio de un paraje tan deshabitado como este, que contrastaba con el ruido de mis pisadas sobre la grava del camino, volviéndolo aún más presente, más real.

El día era frio, y el graznido de los cuervos planeaba sobre el cielo, cargado de nubes hermosas y negras. Las campanas de bronce de una ermita lejana, abajo en el pequeño valle, tañían, añadiendo un lamento aún más triste y fantasmagórico al sitio. Su sonido lúgubre y frio se fue perdiendo en las lomas cercanas cubiertas por la niebla, para desaparecer y retumbar como un eco enloquecido y plañidero ante la muerte, que no se ve, pero que está aquí, presente, a nuestro alrededor, mezclado con la opresión del silencio.

Seguí ascendiendo por la ladera, y me detuve ante un húmedo y oscuro agujero que había sido abierto en la tierra. Sus paredes, aparentemente rectas, dejan ver diferentes vetas, muy delimitadas como fronteras del tiempo. De ellas emergen raíces de la vegetación próxima, que se alargan en sentido descendente, delgadas y largas como los dedos de un cadáver, meciéndose en la brisa de la mañana sobre el claroscuro apisonado del fondo de la tumba. Un montón de tierra rojiza ha sido depositada a un lado. Seis pies de oscuridad estrecha y lóbrega, donde el silencio será ensordecedor cubierto por la tierra, por la que la humedad se irá filtrando hasta pudrir la madera del ataúd.

Llegó el coche y los empleados bajaron el féretro a tierra. No hay nadie que diga unas palabras de despedida, así que, en silencio, recé una breve oración por el alma del infortunado. A excepción de mí y de los operarios del cementerio, nadie ha acudido a este lugar tan estremecedor. Sujetaron el ataúd con cuerdas y empezaron a bajarlo al interior de la fosa. Y en ese momento, llegada la ultimísima hora en la que se reflexiona sobre las supuestas bondades y las seguras vanidades del finado, mis pensamientos se interrumpieron cuando de pronto los empleados detuvieron su delicada operación sorprendidos. Un extraño gato muy grande salió de debajo del ataúd y saltó ágilmente sobre la tapa sentándose elegantemente y emitiendo un prolongado y terrorífico gañido. Rápidamente empezaron a surgir gatos de todas partes y a situarse alrededor de la tumba. Pasaban a mi lado, por entre mis piernas, rozándome y produciéndome un escalofrío. Estaban muy sucios, llenos de cicatrices, lo que acentuaba aún más su aspecto fiero y salvaje. Los operarios descendieron el ataúd deprisa hasta tocar tierra y se marcharon sin esperar más, persignándose contra alguna clara superstición y echando a correr mientras murmuraban unas palabras que no pude entender. Solo yo quedé en el lugar. Entonces los gatos me miraron fijamente, como si yo fuera un extraño al que estaban invitando a marcharse. Eché a andar bajo su estrecha vigilancia, cientos de ojos atentos me miraron cuando aceleré el paso, sin mirar atrás. Pero según me alejaba no pude evitar escuchar cómo arañaban y mordían el ataúd de Vittus, arrancando astillas y trozos de madera, intentando abrirlo para, y ahora estoy absolutamente convencido, atacar deliberadamente su cadáver.

UNA NOTA DEL AUTOR PARA EL LECTOR

Una vez acabada esta novela o relato largo, como lo queráis llamar, deseo registrar aquí que este texto no estuvo libre de avatares en su desarrollo. Y como no deseo dejar estas cosas a futuros rumores y otras extravagancias quiero referirlos yo mismo.

Una de las cosas que me sucedieron fue que perdí el texto dos veces, aún sin imprimir, pues dos ordenadores se estropearon y no pude recuperar lo escrito.

Otra fue su concepción un tanto extraña. La idea de la historia no la tuve clara al principio, pues de pronto me surgía la inclinación de escribir algún pasaje, de dos o tres líneas, pero estructurado y completo y, al cabo del tiempo, otro, y más tarde otro y así fui coleccionando una especie de puzle que no sabía que dirección tomaría o si se interrumpiría. La primera nota que escribí decía escuetamente "Isla de Grottsmann" y sucedió en el año 1991. Y así fui tomando notas en cuadernos diversos, hojas de papel y en ocasiones reversos de periódicos. Solo había una situación que se repetía de forma inequívoca, siempre y exclusivamente era de noche, nunca de día.

Cuando ya tenía una notable montaña de papel decidí que era el momento de intentar organizar el texto, y así fui descubriendo, no sin asombro, que las distintas notas casaban perfectamente unas con otras, y que contaban la misma historia; además de esto había un buen montón de ellas que hablaban sobre la Isla y que no correspondían al relato y con las que he emprendido una enciclopedia de la Isla adecuada a sus mundos. El material que tengo es abrumador.

Y la tercera de las cuestiones fueron los gatos. Una vez decidí dar una estructura al relato y trabajando en él, frente a mi puerta aparecía un gato callejero y se sentaba enfrente, mirando la puerta. Según el relato iba creciendo, fueron viniendo más gatos, que invariablemente hacían lo mismo, sentarse frente a mi puerta y mirarla fijamente. El grupo más numeroso llegó a contar con seis miembros. Cuando guardaba el relato ellos desaparecían, esto lo pude observar por la ventana de la cocina que da al jardín. Nunca hicieron nada ni emitieron el más leve maullido. Ni el más leve ruido. Llevaba el material a la mesa de la cocina mientras vigilaba el exterior y poco a poco llegaban y allí se quedaban. Sentados y mirando la puerta de mi casa. Los gatos creo que son animales maravillosos, yo tuve uno hace ya tiempo, y son fascinantes. Quiero desde aquí darles un merecido homenaje, pues ellos estuvieron presentes en todo el desarrollo de la novela, y estoy seguro de que el relato es de ellos y no mío. Yo me he limitado a escribirlo lo mejor o peor que he sabido, pero nada más, pues mi mente contiene escenas que son imposibles de trasladar fielmente al papel. Espero que los gatos hayan quedado satisfechos. Desde que he acabado el relato, los gatos, esos amigos tan entrañables en las noches solitarias y silenciosas, han dejado de venir.